Um ano sobre o altiplano

Um ano sobre o altiplano
EMILIO LUSSU

TRADUÇÃO E PREFÁCIO
Ugo Giorgetti

*mundaréu

© Editora Madalena, 2014
© Emilio Lussu, 1938
© Ugo Giorgetti, 2014 (prefácio)

Os editores agradecem a Giovanni Lussu pela generosidade que demonstrou com este projeto, desde o início. A mesma generosidade que encontramos na obra de seu pai.

Gli editori ringraziano Giovanni Lussu per la generosità dimostrata in questo progetto fin dall'inizio; la stessa generosità che abbiamo trovato nell'opera di suo padre.

TÍTULO ORIGINAL
Un anno sull'altipiano

COORDENAÇÃO EDITORIAL – COLEÇÃO LINHA DO TEMPO
Silvia Naschenveng

CAPA E PROJETO
Claudia Warrak e Raul Loureiro

DIAGRAMAÇÃO
Priscylla Cabral

REVISÃO
Bianca Galafassi e Isabela Norberto

O tradutor agradece a colaboração de Ottaviano de Fiore e do jornalista Roberto Godoy.

Edição conforme o Acordo Ortográfico da Língua Portuguesa (1990).

Dados Internacionais de Catalogação na Publicação (CIP)
(Câmara Brasileira do Livro, SP, Brasil)

Lussu, Emilio, 1890-1975.
   Um ano sobre o altiplano / Emilio Lussu ; tradução e prefácio Ugo Giorgetti. – 1. ed. – São Paulo : Editora Madalena, 2014. – (Coleção Linha do Tempo).

   Título original: Un anno sull'altipiano.
   ISBN 978-85-68259-00-9

   1. Guerra Mundial, 1914-1918 - Campanhas - Itália 2. Guerra Mundial, 1914-1918 - Narrativa pessoais 3. Literatura italiana 4. Lussu, Emilio, 1890-1975 I. Giorgetti, Ugo. II. Título.

14-07687   CDD-850

Índice para catálogo sistemático:
1. Literatura italiana 850

2014
Todos os direitos desta edição reservados à
EDITORA MADALENA LTDA.
São Paulo – SP
www.editoramundareu.com.br

SUMÁRIO

APRESENTAÇÃO 7

A guerra italiana / Ugo Giorgetti 11

PREFÁCIO DO AUTOR 19

Um ano sobre o altiplano 23

Emilio Lussu (por Giovanni Battista Diana, Archivio Brigatta Sassari, 1916).

APRESENTAÇÃO

Recém-egresso da faculdade de direito, Emilio Lussu (1890--1975) alista-se em 1914, antes mesmo do ingresso da Itália na Primeira Guerra Mundial. Como oficial do exército italiano, Lussu participou das batalhas nas montanhas em torno do Asiago, contra o exército austro-húngaro. Lutou até 1918 e foi diversas vezes condecorado por valor militar.

Italianos e austríacos já haviam travado diversas batalhas ao longo do rio Isonzo, em uma longa ação de mera defesa da parte dos austríacos, que decidiram então fazer um ataque reforçado contra os italianos no começo de 1916. Mesmo sem poder contar com a ajuda da Alemanha, ocupada nos *fronts* ocidental – em meio à Batalha de Verdun – e oriental, a ofensiva austríaca iniciou-se em maio daquele ano e passou a ser conhecida como a Batalha do Asiago. O exército austro-húngaro dispunha de numerosa artilharia e sua infantaria era algumas vezes superior à italiana em quantidade. Foi inicialmente desastrosa para os italianos, que tiveram de recuar, mas, ocupado simultaneamente com batalhas contra os russos no leste, o exército austro-húngaro não pode manter suas conquistas territoriais. O número de mortos e feridos foi alto para os dois lados.

É justamente esse o período dramático coberto por *Um ano sobre o altiplano*. Publicado em 1938, o livro traz um relato ficcional, embora fortemente autobiográfico, calcado na experiência de Lussu como oficial do exército, no período de um ano, da primavera europeia de 1916 a 1917.

Com um estilo objetivo e sucinto, mas nunca descompromissado ou frio – e quanto a isto nos faz pensar em seu conterrâneo Primo Levi, que tratou magistral e objetivamente de suas experiências na Segunda Guerra Mundial em *É isto um Homem?*[1] – o livro escancara a irracionalidade das decisões no *front*, e seu devastador impacto na vida dos combatentes. É com tal objetividade que Lussu traz situações de puro *nonsense*, que, embora sempre trágicas, não deixam de ter comicidade – e nessa mistura encontramos os italianos que fazem parte do nosso imaginário: emotivos, intensos, trágicos, engraçados, não necessariamente lógicos.

Além de apontar sobriamente a dureza e a falta de racionalidade da guerra, Lussu a mostra de perto, tal como foi vivenciada pelos soldados. *Um ano sobre o altiplano* se passa inteiramente no *front* e, afora poucas reminiscências sobre pessoas conhecidas nos intervalos ou uma breve visita aos pais, não trata da vida distante das batalhas ou de como os não combatentes as percebiam ou como por elas eram afetados. A vida antes ou distante dos campos de batalha não está apenas ausente, é praticamente intangível. É um relato centrado no dia a dia dos combatentes, em suas preocupações, rotina e tragédias.

Um ano sobre o altiplano retrata o homem comum italiano levado a uma guerra que pouco entende ou contribuiu para fomentar. A abordagem de Lussu, centrada no cotidiano dos soldados, evidencia a sensibilidade do autor e o que ele tinha em perspectiva: os dramas e destinos do homem.

Essa sensibilidade do escritor combatente é posta em prática também por meio da atuação política. Após a guer-

---

[1] Editado no Brasil pela Editora Rocco, 2ª edição, 2013.

ra, Lussu opôs-se à crescente influência do movimento fascista e foi eleito para o parlamento italiano em 1921. Em 1926, em um dos vários ataques políticos que sofreu, atirou em legítima defesa contra um partidário fascista e, após ter sido inocentado pela justiça, foi novamente julgado por uma comissão governamental e condenado a 5 anos de reclusão. Fugiu em 1929 e exilou-se em Paris. Participou da Guerra Civil Espanhola e da resistência italiana durante a Segunda Guerra. Após o fim desta Guerra, continuou sua atividade política como deputado constituinte, em 1946, e foi ministro de diferentes governos na Itália.

* * *

A guerra italiana / Ugo Giorgetti

São bastante raros os livros sobre a participação italiana na Primeira Guerra Mundial. Talvez seja um dos efeitos de uma atitude, disseminada depois do conflito, que considera a guerra propriamente dita, a verdadeira guerra, a que envolveu apenas a Inglaterra, a França e a Alemanha. Durante muito tempo, até nos manuais, as descrições da frente italiana do conflito eram frias e resumidas.

É bastante curioso, no entanto, que dois dos melhores livros escritos sobre a Primeira Guerra Mundial tenham como palco exatamente a guerra da Itália. Falo de *Adeus às Armas* de Hernest Hemingway e *Um ano sobre o altiplano*, de Emilio Lussu. *Um ano sobre o altiplano* começa em junho de 1916 e termina em julho de 1917. Exatamente no mesmo momento em que começa outro grande livro, o de Hemingway. As mesmas regiões são mencionadas, as mesmas montanhas, onde homens morriam nas trincheiras. Esses livros – escritos um como ficção, outro como documento – atingem, afinal, o mesmo objetivo, que é dar um testemunho grandioso de como é a vida quando ela está sempre por um fio. Mais, os dois livros parecem ser escritos não pelo mesmo autor, mas com o mesmo estilo. É possível que as frases curtas, às vezes telegráficas, enganadoramente simples, dos dois livros sejam uma exigência da guerra, do tempo urgente, em que tudo era breve e, portanto, deveria ser descrito com brevidade. Se no caso de Hemingway isso é conhecido do público brasileiro, pois acabou se tornando o estilo de todos os seus livros, no caso de Lussu é uma novidade. Tanto quanto a ficção de Hemingway parece realidade, o documento de Lussu parece ficção. Diz o autor que são acima de tudo recordações. Adverte desde o início que o leitor não encontrará no livro "nem romance, nem história". Lussu não fez romance nem história, é verdade; creio, porém, que tenha feito, como Hemingway, poesia.

Mas enquanto a poesia do americano é sombria, frequentemente trágica, de uma grandeza de tempestade noturna, a do italiano é solar, matizada, uma procura desesperada de vida, mesmo quando cercada por morte e horror. Talvez seja essa a diferença mais notável entre os dois livros. Hemingway esteve na guerra italiana e fez parte do exército italiano. À sua maneira, na Cruz Vermelha, participou de todos os horrores. Mas não era um soldado. O livro do soldado, do que combateu realmente, do que viu companheiros caírem ao seu lado, é curiosamente o menos lúgubre. Em *Um ano sobre o altiplano* revela-se aquele olhar italiano para o mundo que, mesmo nos momentos mais aflitivos e dolorosos, não deixa escapar a farsa, o ridículo, o grotesco que observa nos homens e em seus atos. A guerra terrível de Lussu é atravessada pelo seu senso de ironia e episódios sangrentos e terríveis misturam-se a outros irônicos, quando não francamente cômicos. Mal preparada para entrar na guerra – como estavam todos os demais participantes dela, com a exceção, talvez, da Alemanha –, a Itália pouco tinha a oferecer em troca do estoicismo e da abnegação de seus soldados. Seus generais e comandantes tinham um pé num mundo antigo que desaparecia, constituído por combates corpo a corpo, cavalaria, discursos patrióticos vazios, e outro num novo mundo, tecnológico, que já fabricava metralhadoras eficazes, gases asfixiantes, até mesmo realizava bombardeio aéreo. Não eram apenas os generais italianos que estavam perplexos e desorientados. Quem conhece as táticas adotadas pelo exército francês e inglês no Somme, por exemplo, sabe do que estou falando. Quem conhece o episódio do Chemin des Dammes, entre outros, também sabe. Raras vezes, porém, foram retratados em sua mediocridade criminosa e sua vaidade desesperadamente ridícula como os italianos do altiplano. Infelizmente, para eles, estavam sob o olhar de Emilio Lussu, que nada perdia do que se passava ao seu redor e com implacável lucidez examinava tudo e todos mesmo sob o fragor das metralhadoras e dos canhões.

Assim, perfis inesquecíveis seguem-se uns aos outros nesse trágico relato. Para que atingisse, porém, a grandeza de uma obra literária era preciso um escritor. E Lussu é um verdadeiro escritor, na longa tradição dos soldados escritores, que se perde nos tempos. E de todos os relatos, sempre de maneira discreta, sutil, surge definitivo o perfil do próprio escritor. Não é possível, ao cabo do livro, deixar de pensar que estivemos na presença de um homem de integridade absoluta, caráter, vontade e inteligência. Talvez esteja em figuras como Emilio Lussu a explicação da incrível resistência e vitória final da Itália nessa grande guerra. Hemingway – para terminar com ele –, numa carta à família e, portanto, íntima, sem que à época imaginasse que se transformaria num documento sobre a guerra italiana, escreveu: "(...) o limite para a quantidade de *souvenirs* que eu poderia trazer era o que eu podia carregar, pois havia tantos austríacos mortos e aprisionados que seus corpos pareciam uma grande mancha negra no chão. Foi uma grande vitória e mostrou ao mundo que maravilhosos guerreiros são os italianos" (*Selected Letters 1917-1961*. Editor: Carlos Baker. London: Panther Books/Granada Publishing, 1981. p. 12-18. de julho de 1918).

PREFÁCIO DO AUTOR

Escrevi *Um ano sobre o altiplano* entre 1936 e 1937, em um sanatório de Clavadel, perto de Davos. Retirei-me para lá após uma doença pulmonar que, contraída no cárcere, se agravou, não pôde ser tratada nos limites de Lipari e, depois da evasão, foi negligenciada na França. No firme propósito de sarar, tinha me submetido a uma intervenção cirúrgica bastante severa e a cura impunha-me um longo período de imobilidade. Mas de qualquer forma eu jamais teria escrito o livro não fosse a insistência de Gaetano Salvemini. Desde 1921, em seguida a rememorações que fazíamos juntos da guerra, ele me pedia para escrever um livro – "o livro", como dizia em suas cartas. No exílio "o livro" tinha se transformado numa espécie de promissória que eu lhe devia pagar. Num certo momento, seguindo uma ideia que me tinha ocorrido desde a leitura de *Do Príncipe de Nicolau Maquiavel*, de Federico Chabod, acalentei, com certa audácia, a presunção de escrever sobre *O Príncipe*. No dia em que eu falei sobre isso com Salvemini a nossa amizade correu seriamente o risco de entrar em crise. O que ele me reclamava era "o livro", não algumas divagações sobre o secretário florentino.

E desse modo acabou vindo à luz o livro sobre a guerra. No fim de maio de 1937, enviei o manuscrito a Salvemini, que estava em Londres, e ele me respondeu com um telegrama de uma centena de palavras: tinha apaziguado meu amigo. A primeira edição italiana saiu em Paris – Edições Italianas de Cultura – no começo de 1938; a segunda, na Itália – Eunaudi – em 1945, depois da Libertação. Relendo este testemunho da guerra, que deixei inalterado na sua forma primitiva, o meu pensamento vai para Salvemini. É a ele que dedico a presente edição.

Emilio Lussu
Roma, setembro de 1960

O leitor não encontrará neste livro nem romance nem história. São só recordações pessoais reordenadas da melhor forma possível e limitadas a um ano, dos quatro durante os quais tomei parte na guerra. Não relatei senão o que vi e me chocou de maneira especial. Não fiz nenhum apelo à fantasia, mas à memória, e os meus companheiros de armas, apesar de alguns nomes disfarçados, reconhecerão facilmente homens e fatos. Tratei de me despir também de minhas experiências posteriores e reevoquei a guerra como realmente nós a vivemos, com as ideias e os sentimentos daquela época. Não se trata, portanto, de um trabalho de tese: pretende ser apenas um testemunho italiano da grande guerra. Não existem na Itália, como na França, na Alemanha e na Inglaterra, livros sobre a guerra. E mesmo este não teria sido escrito não fosse um período de repouso forçado.

Clavadel
Davos, abril de 1937

Um ano sobre o altiplano

J'ai plus de souvenirs que si j'avais cent ans.
Charles Baudelaire

I

No fim de maio de 1916, a minha brigada – Regimentos 399º e 400º – estava ainda sobre a região do Carso. Desde o início da guerra a brigada tinha combatido somente naquela frente. Para nós, tinha se tornado insuportável. Cada palmo de terra lembrava-nos um combate, ou a tumba de um companheiro caído. Não tínhamos feito outra coisa senão conquistar trincheiras, trincheiras e mais trincheiras. Depois da chamada "gatos vermelhos", veio a dos "gatos negros" e depois a dos "gatos verdes". A situação, porém, era sempre a mesma. Tomada uma trincheira, era preciso conquistar outra. Trieste estava sempre lá, defronte ao golfo, à mesma distância, cansada. A nossa artilharia não quisera disparar um só tiro contra ela. O Duque d'Aosta, nosso comandante de armada, referia-se a ela todas as vezes nas ordens do dia e nos discursos, para animar os combatentes.

O príncipe tinha escassas qualidades militares, mas grande paixão literária. Ele e seu chefe de estado-maior completavam-se. Um escrevia os discursos e o outro os declamava. O duque os aprendia de cor e os recitava, em forma oratória de romano antigo, com dicção impecável. As grandes cerimônias, aliás frequentes, eram expressamente preparadas para essas demonstrações oratórias. Desgraçadamente o chefe de estado-maior não era um escritor. Dessa maneira, malgrado tudo, na estima da armada, ganhava mais a memória do general ao recitar os discursos que o talento de seu chefe de estado-maior em escrevê-los. O general tinha, além de tudo, uma bela voz. À parte isso, ele era bastante impopular.

Numa tarde de maio chegou-nos a notícia de que o duque havia decidido, como prêmio de tantos sacrifícios sofridos pela brigada, enviar-nos em repouso para as linhas de retaguarda, por alguns meses. E como à notícia se seguiu uma ordem para estarmos prontos para receber uma outra brigada em substituição à nossa, ela não poderia deixar de ser verdadeira. Os soldados a acolheram com entusiasmo e o duque foi aclamado. Eles percebiam finalmente que era uma grande vantagem ter por comandante de armada um príncipe da casa real. Só ele teria podido conceder um repouso tão longo e tão distante do *front*. Até aquele momento tínhamos passado os turnos de repouso a alguns quilômetros das trincheiras, sob o tiro da artilharia inimiga. O cozinheiro do comandante da divisão tinha dito ao ajudante de ordens do coronel que o duque queria que passássemos o repouso numa cidade. A notícia espalhou-se. Pela primeira vez durante toda a guerra ele começava a se tornar popular. Rapidamente comentários simpáticos fizeram-se ouvir a seu respeito, e a notícia de que havia confrontado seriamente o general Codorna para defender a nossa brigada, fez, sem que ninguém duvidasse dela, o giro das divisões.

A troca de brigadas efetuou-se e na mesma noite descemos à planície. Com duas paradas para descansar, chegamos em Aiello, pequena cidade, não distante das velhas fronteiras.

Nossa alegria não tinha limites. Finalmente se vivia! Quantos projetos na cabeça! Depois de Aiello chegaria a vez da grande cidade. Udine, talvez?

Entramos em Aiello na hora do primeiro rancho. Primeiro vinha meu batalhão, o Terceiro, que marchava com a 12ª Companhia à frente.

A 12ª era comandada por um oficial de cavalaria, o tenente da reserva Grisoni. Ele tinha sido ajudante de ordens do nosso comandante de brigada. Morto este, em consequência de uma ferida de granada, ele tinha desejado permanecer na brigada e prestava serviço em meu batalhão. Como oficial de cavalaria ele não podia ser admitido numa divisão de infantaria, mas o comandante geral da cavalaria havia lhe fornecido uma autorização especial com o direito de conservar ordenança e cavalo. Era conhecido em toda a brigada. Em 21 de agosto de 1915, com quarenta voluntários, havia atacado de surpresa – e conquistado – uma sólida trincheira avançada, defendida por um batalhão de húngaros. A ação tinha sido de extrema audácia. Mas ele tinha se tornado célebre também por outra façanha. Uma noite, enquanto estávamos descansando, depois de ter bebido e misturado, sem a devida prudência, alguns vinhos do Piemonte, penetrou a cavalo, igualmente de surpresa, na sala em que jantavam o coronel com os oficias do comando do regimento. Não pronunciou uma única palavra, mas o cavalo, que parecia conhecer perfeitamente a hierarquia militar, deu várias voltas, relinchando, em redor do coronel. Por esse fato, com apreciações diferentes por parte dos presentes, pouco faltou para que fosse reenviado para sua arma.

O batalhão desfilava marchando, diante da praça do município. Lá estavam o comandante da brigada e as autoridades civis da cidade.

A companhia de frente, em formação de quatro, marchava, marcial. Os soldados estavam enlameados, mas aquele aspecto de trincheira emprestava mais solenidade à parada. Ao chegar à altura das autoridades, o tenente Grisoni aprumou-se no estribo e, voltando-se para a companhia, ordenou:

– Atenção, esquerda!

Era a saudação ao comandante de brigada.

Mas era também o sinal combinado para que o Primeiro Pelotão entrasse em ação. Imediatamente surgiu uma fanfarra cuidadosamente organizada. Um trombone feito com uma grande cafeteira de lata, deflagrou o sinal de alerta que foi respondido por um conjunto de instrumentos, os mais variados. Eram todos instrumentos improvisados. Havia uma predominância clara dos que faziam mais barulho para acompanhar o ritmo do passo. Os pratos eram representados pelas tampas de lata dos pratos das refeições. Os tambores eram restos de objetos de lona e tela, fora de uso, encontrados na intendência e habilmente adaptados para a ocasião. Pistões, clarins e flautas eram reproduzidos por assobios, conseguidos com as mãos em concha diante da boca, soprados com perícia, abrindo ora um dedo, ora outro. O resultado era um conjunto admirável de alegria de guerra em forma de música.

O comandante da brigada franziu as sobrancelhas, mas no fim sorriu. Homem razoável, não achou inconveniente que aos soldados, vivendo na lama e no fogo durante todo o ano, fosse permitido um vago desafogo, ainda que não regulamentar.

O regimento inteiro acampou em Aiello.

Pela tarde o prefeito ofereceu aos oficiais uma rodada de bebidas e fez um discurso. Leu com voz trêmula:

– É uma grande honra para mim etc. etc. na guerra gloriosa que o povo italiano combate sob o comando genial e heroico de Sua majestade o Rei...

À palavra rei, colocamo-nos, como era de obrigação, em posição de sentido, com grande e simultâneo estrépito de esporas e calcanhares batendo. Na sala municipal o tremendo barulho, forte e confuso, ribombou como um disparo de arma de fogo. O prefeito, civil dos pés à cabeça, não imaginava que aquela sua modesta menção ao soberano pudesse provocar uma demonstração tão fragorosa de lealdade constitucional. Era um homem distinto e, avisado com antecedência, não teria certamente deixado de apreciar, na sua justa medida, tal ato patriótico. Colhido pelo imprevisto, porém, teve um sobressalto e esboçou um ligeiro pulo que o elevou alguns centímetros acima de sua estatura. Pálido, dirigiu o olhar de maneira incerta para o grupo de oficiais, imóveis, em atitude de espera. A folha do discurso escrito tinha lhe caído das mãos e jazia, como um culpado, a seus pés.

O coronel exibiu um honesto sorriso de aprovação, satisfeito de ver marcada, ainda que de modo provisório, a superioridade da autoridade militar sobre a autoridade civil. Com uma expressão de controlada frieza, que em vão se esforçaria por ostentar quem, por longo tempo, não tivesse o hábito de comandar tropas, ele dirigiu o olhar do prefeito para nós e de nós de volta para o prefeito e, por aquele vestígio de maldade que serpenteia pelo coração dos homens mais doces, pensou em impressionar mais ainda o prefeito. Ordenou:

– Senhores oficiais, viva o rei!

– Viva o rei! – repetimos nós, urrando a frase como um monossílabo.

Contrariamente à sua expectativa, o prefeito sequer piscou, e gritou conosco.

O prefeito era um homem do mundo. Agora já senhor de si, recolhida a folha, continuava o discurso:

– Nós venceremos, porque isso está escrito no livro do destino...

Onde estava esse livro certamente nenhum de nós, inclusive o prefeito, sabia. E, menos ainda, que coisa estivesse escrita nesse livro desconhecido. A frase todavia não suscitou qualquer reação particular. Em vez disso, toda a atenção dirigiu-se para esta outra passagem:

– A guerra não é tão dura como nós a imaginamos. Esta manhã, quando vi entrar na cidade vossos soldados em festa, acompanhados da fanfarra mais alegre que se possa jamais conceber, compreendi, e toda a população compreendeu comigo, que a guerra tem seus belos atrativos...

O tenente de cavalaria bateu continência, fazendo retinir suas esporas, como se o cumprimento fosse dirigido particularmente a ele. O prefeito continuou:

– Belos e sublimes atrativos. Infeliz daquele que não os sente. Porque, senhores, é belo morrer pela pátria...

Essa observação não agradou a ninguém, nem mesmo ao coronel. A sentença era clássica, mas o prefeito não era o mais indicado para nos fazer apreciar, literariamente, a beleza de uma morte, ainda que gloriosa. Mesmo a forma como ele acompanhou a exclamação tinha sido infeliz. A impressão é que tinha querido dizer: "vocês ficam mais belos mortos do que vivos". Uma boa parte dos oficiais tossiu e olhou o prefeito com arrogância. O tenente de cavalaria sacudiu as esporas num gesto de impaciência.

Terá o prefeito entendido nosso estado de ânimo? É provável, porque se apressou a concluir celebrando o rei. Ele disse precisamente:

– Viva o nosso glorioso Rei, de estirpe guerreira!

O tenente de cavalaria era quem estava mais próximo de uma grande mesa coberta de copas e taças de espumante. Rapidamente apoderou-se de uma ainda cheia, levantou-a e gritou:

– Viva o Rei de Copas!

Foi como um tiro dado bem no peito do coronel. Olhou o tenente, estupefato, como se não acreditasse em seus olhos e ouvidos. Olhou para os oficias fazendo um apelo a seus testemunhos e disse, mais desolado do que severo:

– Tenente Grisoni, hoje também o senhor bebeu demais. Tenha a bondade de abandonar a sala e esperar minhas ordens.

O tenente bateu as esporas, colocou-se em rígida posição de sentido, deu um passo atrás e bateu continência:

– Sim, senhor!

E saiu sobraçando seu rebenque, visivelmente satisfeito.

II

O líder do coro entoava:
– *Quel mazzolin di fior...*
O coro da companhia respondia:
– *Che vien de la montagna...*
E o canto animava os soldados fatigados. A imobilidade da longa vida sedentária lá no Carso nos tinha tornado incapazes de grandes esforços. A marcha era penosa para todos. A única coisa que nos consolava era o pensamento de que estávamos indo para a montanha.

O repouso em Aiello não tinha durado nem mesmo uma semana. Os austríacos haviam desencadeado com ímpeto uma grande ofensiva entre Pasubio e Vale Lagarina. Rompendo o *front* em Cima XII, estavam diante do Altiplano de Asiago. Deixados os acampamentos, a brigada tinha percorrido de trem a planície veneta. Agora atingia em marcha forçada as fraldas do altiplano.

O coro se fazia mais vivo, mas cada um seguia o curso de seus pensamentos. Havia terminado a vida de trincheira: agora, tinham-nos dito, teríamos de contra-atacar, manobrando. E na montanha. Finalmente! Entre nós, sempre se falava da guerra na montanha como de um repouso privilegiado. Estaríamos em contato, nós também, com árvores, florestas, nascentes, vales e ângulos mortos que nos fariam esquecer, com a vaga paz meio difusa, aquela horrível pedreira cársica, esquálida, sem um fio de vegetação e sem uma gota de água, toda igual, sempre igual, privada de defesas naturais, com apenas alguns buracos, compostos por minérios que, por força magnética, atraíam o ferro e, por consequência, os tiros e a artilharia de grosso calibre que nos precipitava nas profundezas, todos na mesma confusão, misturados, homens, mulas, vivos e mortos. Poderíamos finalmente deitar, estirados na terra, nas horas de ócio, e tomar sol, e dormir atrás de uma árvore, sem sermos vistos ou despertados por uma bala explosiva nas pernas. E do cume dos montes teríamos diante de nós um horizonte e um panorama, em lugar das eternas paredes das trincheiras e das cercas de arame farpado. Estaríamos finalmente livres daquela miserável vida, vivida a cinquenta ou a dez metros da trincheira inimiga, numa promiscuidade feroz, feita de contínuos assaltos à baioneta, ou à base de granadas e tiros de fuzil disparados contra as torres de vigia. Iríamos parar de nos matar uns aos outros, todos os dias, sem ódio. A guerra de manobras seria outra coisa. Uma boa manobra, duzentos, trezentos mil prisioneiros, assim, em um só dia, sem aquela espantosa carnificina geral, mas resultado de apenas um genial cerco estratégico. E quem sabe, seria possível vencer e terminar para sempre com a guerra.

O único inconveniente da manobra é que era preciso marchar, sempre marchar.

Um regimento de cavalaria interceptou-nos na estrada e fomos obrigados a deixá-lo passar. Felizes eles, que estavam a cavalo! Mas percebemos rapidamente que também eles estavam mortos de cansaço.

– A guerra dos senhores – gritavam os soldados aos lanceiros encurvados nas selas.

– Felizes vocês – respondiam eles – que podem caminhar a pé. Nós, sempre a cavalo, sempre a cavalo. Não poder andar com as próprias pernas! Cansar-se por si e pelo cavalo. Que vida!

Passado o regimento de cavalaria, a companhia retomou o coro.

A estrada, nessa altura, começava a ficar abarrotada de refugiados. Sobre o Altiplano de Asiago não tinha permanecido uma única alma. A população das Sette Comuni, velhos, mulheres, crianças, descia sobre a planície, de maneira confusa, arrastando seus carros de boi, suas mulas e aquele pouco de mobiliário que tinham podido salvar das casas apressadamente abandonadas ao inimigo. Os camponeses, afastados de suas terras, pareciam náufragos. Nenhum chorava, mas olhavam com olhares ausentes. Era o comboio da dor. Os carros, lentos, lembravam um acompanhamento fúnebre.

A nossa coluna cessou os cantos e se fez silenciosa. Sobre a estrada não se ouvia outra coisa senão o nosso passo de marcha e o ranger das rodas das carroças. O espetáculo era novo para nós. No *front* do Carso éramos nós os invasores, e eram eslavos os camponeses que tinham abandonado as casas, à nossa avançada. Mas nós não os vimos.

Passou uma carroça, mais comprida que as outras. Sobre dois colchões de palha estavam acocoradas uma velha, uma mãe jovem e duas crianças. Um velho camponês sentado na frente com as pernas pendentes guiava os bois. Ele parou os bois e pediu a um soldado tabaco para o cachimbo.

– Fuma, vovô! – gritou o cabo que marchava na dianteira e, sem se deter, colocou-lhe nas mãos todo o seu tabaco.

Os soldados imitaram-no. O velho, as mãos repletas de tabaco e de charutos, olhava surpreso tanta riqueza inesperada. A coluna continuava a marcha em silêncio. Como se uma ordem tivesse sido dada a todos, os soldados que seguiam colocavam sobre o carro os seus tabacos. O velho perguntou:

– E vocês, o que vão fumar, rapazes?

A pergunta rompeu o silêncio. Como única resposta alguém entoou uma alegre cançoneta do repertório de marcha, e a coluna continuou em coro. Eu seguia com o olhar "tio Francisco", que estava próximo de mim. Era o mais velho soldado da companhia: tinha estado também na guerra da Líbia. Os companheiros chamavam-no "tio Francisco" porque, além de ser o mais velho, era pai de cinco filhos. Ele marchava no passo, na cadência do coro e, como os outros, cantava em voz alta. As passadas eram pesadas, sob o peso da mochila. No seu rosto não se via nenhuma expressão de alegria. As palavras alegres do canto soavam estranhas saindo de sua boca. Tio Francisco era uma coisa, seu canto era outra. A cabeça inclinada, o olhar fixo no chão; ele estava muito longe da marcha e dos companheiros.

– Abram as fileiras! – gritaram alguns do centro da companhia. – O coronel está passando!

Olhei para trás. O coronel, a cavalo, seguido do submajor, passava no meio da coluna. Nós já marchávamos em fileiras abertas para dar lugar aos retirantes; sobre a estrada havia pouco espaço livre. Deslocamo-nos ainda mais em direção às margens da estrada, mas o coronel, ainda assim, foi obrigado a andar de forma pausada para não deixar o cavalo colidir com as carroças e os soldados. Quando se aproximou, disse-me que estava muito contente de ver os soldados tão alegres e me deu vinte liras para distribuir entre os cantores. Ao seguir seu caminho, notou tio Francisco. A idade, a voz, a atitude tinham chamado sua atenção. Perguntou-me quem era. Respondi que era um camponês do sul e dei mais algumas informações.

– Bom soldado? – perguntou o coronel.
– Ótimo – respondi.
– Tome, mais cinco liras. Para ele, mas só para ele.

Tio Francisco notou que falávamos dele, levantou os olhos e continuou a marcha e o canto sem perder a atitude. O coronel bateu levemente com a mão em suas costas e se afastou. A notícia do donativo propagou-se num instante e o coro fez-se mais alto.

– *Il pescator di Londra* – cantava o líder do coro.
– *Bionda, mia bella bionda* – fechava o coro.

Tio Francisco continuava a cantar, em alta voz, a cabeça inclinada. Os retirantes olhavam-nos dos carros, impassíveis. Os carros rangiam sobre o cascalho fazendo um acompanhamento lamentoso para o canto jovial.

Chegamos à parada de descanso antes de escurecer.

O dia ainda estava quente. Fora das tendas, os soldados, estirados, repousavam. Os mais cansados, alongados e imóveis, as mãos entrelaçadas atrás da nuca, olhavam o céu em chamas. Outros falavam em voz baixa. Alguém cantava uma música típica da sua região. Só se moviam pelo campo as sentinelas.

Os grupos apenas se reanimaram quando um sargento apareceu, de volta do setor de abastecimento, com frascos de vinho e com tabaco. Ele tinha gastado todas as vinte liras.

Na guerra não se pensa no amanhã. Rapidamente os frascos passaram de mão em mão e as vozes elevaram-se.

– À saúde do coronel!
– À saúde do coronel!

Só uma voz juvenil se destacou das outras, hostil:

– À saúde da puta da mãe dele!

Os companheiros protestaram.

– O que você está querendo? Que em vez de vinho o coronel te enfie duas balas na barriga?

Sem ser observado eu olhava a cena. O soldado não respondeu, continuou estirado e não quis beber. Fixei o olhar nele e o reconheci imediatamente. Seguramente ele não tinha nada a ver com o coronel.

O tom das vozes começou a baixar pouco a pouco. Nesse momento falava tio Francisco, grave como um patriarca. Os outros escutavam, fumando.

– Nunca, na minha vida, eu ganhei cinco liras de uma vez. Não ganhei nunca cinco liras, nem em uma semana. Fora a época da colheita, quando eu era contratado pra cortar e colher, do amanhecer até o fim do dia.

Eu me afastei. Era a hora do jantar dos oficiais.

III

Sobre os limites do altiplano, a mil metros, reinava a maior desordem. Tínhamos chegado lá em 5 de junho pelo Vale Frenzela, partindo do Vale Stangna com medidas de segurança tomadas pela vanguarda, porque não estava claro onde estavam os nossos e onde estavam os austríacos. O regimento marchou em colunas entre os declives de Stoccaredo e a estrada Gallo-Foza, e o meu batalhão tomou posição em Buso, minúscula aldeia que barrava a entrada para o Vale Frenzela. Os postos avançados foram colocados em depressões do terreno, na direção de Ronchi, meio ao acaso, vigiando as estradas pelas quais podiam chegar as vanguardas inimigas. Sabíamos apenas que eles, atravessado o Vale d'Assa e conquistado Asiago, lançavam-se à frente, como um barco com vento a favor, e estavam um pouco antes de Gallo. Informavam-me que no espaço entre nós e eles havia ainda, perdidas, algumas divisões italianas. O que era certo é que o inimigo aproveitava com grande audácia seu sucesso: nos vales de Asiago, numerosas baterias de campanha manobravam em plena luz do dia. A ponte do Vale d'Assa, destruída pelos nossos, tinha sido reconstruída pelos austríacos em alguns dias. Toda a nossa artilharia tinha caído nas mãos do inimigo: nós não controlávamos mais sequer um pedaço do altiplano. Somente do forte Lisser, velho forte desmantelado em 1915, continuavam atirando duas peças calibre 149, e sempre sobre nossas próprias tropas. Felizmente grande parte das granadas não explodiam e não tivemos perdas. Alguns dia depois aquele forte foi batizado pelos nossos correspondentes de guerra de "Leão do Altiplano".

O comandante do batalhão mandou-me, com um pelotão, na direção de Stoccaredo. Eu tinha a tarefa de fazer contato com alguma divisão do nosso exército que pudesse encontrar lá em cima e obter informações sobre o inimigo. Preocupado com a possibilidade de cair nas mãos dos austríacos, tinha solicitado levar comigo toda uma companhia: o major queria me dar só a escolta de uma esquadra. Foi adotado um meio-termo e acabei levando um pelotão.

O sol já se tinha posto quando dei de frente, ao norte de Stoccaredo, com um batalhão da 301ª Infantaria. Era comandado por um coronel, de mais ou menos uns cinquenta anos, que encontrei ao relento, sentado ao lado de uma mesa improvisada com galhos de árvores, uma garrafa de conhaque na mão.

– Muito obrigado – eu disse –, não bebo destilados.

– Não bebe destilados? – perguntou-me preocupado o tenente-coronel.

Sacou da jaqueta um caderninho de notas e escreveu: "Conheci um tenente abstêmio em destilados. 5 de junho de

1916". Fez eu repetir meu nome, que já lhe tinha dito quando me apresentei, e ele o acrescentou à nota. Para não perder tempo eu lhe disse imediatamente a razão de serviço que me tinha levado até ele. Mas ele, antes de me responder, quis saber alguns detalhes da minha vida e dos meus estudos. Assim, soube que eu era oficial da reserva, saído da universidade ao estourar a guerra. Mas era sempre a questão dos destilados que o intrigava particularmente.

– O senhor pertence por acaso a alguma seita religiosa? – perguntou-me.

– Não – respondi rindo – e por que pertenceria?

– Estranho, excepcionalmente estranho. E vinho, o senhor bebe?

– Um pouco, na mesa, assim, durante as refeições.

Repeti a pergunta sobre as posições inimigas e sobre os nossos. Mas ele não tinha pressa. Bebeu ainda um copinho e me acompanhou com passo lento a um posto de observação distante uns cinquenta metros, segurando sempre nas mãos a garrafa e o copinho. Certamente por distração, porque no observatório não bebeu mais.

Do observatório tinha-se ainda um panorama claro, iluminado pelos últimos reflexos do sol. No fundo, ao norte, a uns trinta quilômetros em linha direta, Cima XII. De frente, a cadeia de montes culminando no Monte Zebio, as Creste del Gallo e, elevado acima de todos, à direita, e Monte Fior. Entre nós e aquelas alturas, as depressões e concavidades de Asiago. Mais embaixo, diretamente embaixo de onde estávamos, as depressões menos acentuadas do terreno de Ronchi.

– Onde estão os austríacos? – perguntei.

– Ah! Isso eu não sei. Isso ninguém sabe. Estão diante de nós. Poderiam de um momento para o outro estar também às nossas costas. Isso depende das circunstâncias. O que é certo é que estão por toda a parte e que, fora o meu batalhão, por aqui não existem outras tropas italianas.

Pedi esclarecimentos sobre a posição do monte mais alto, que ele me tinha dito ser o Monte Fior.

– Lá em cima estão os nossos. Isso é certo. Os austríacos ainda não chegaram lá. O monte tem dois mil metros de altura. É por isso que os nossos o chamam de "Chave do Altiplano".

O tenente-coronel indicava-me as posições com a garrafa. Frequentemente aproximava a garrafa do copinho como se quisesse enchê-lo, mas todas as vezes, interrompia a garrafa a tempo, e o copinho permaneceu sempre vazio.

– Sobre aquela "chave", os comandos, para não a perder, reuniram uns vinte batalhões, enquanto aqui, na porta de entrada, tudo somado, não somos mais do que quatro gatos pingados. É uma ideia equivocada de cabo a rabo. Mas está escrito nos textos que, conservando o vértice de uma montanha, se pode impedir o inimigo de passar pelo vale que fica embaixo. Vê lá embaixo a entrada do Vale Frenzela? Entre a entrada e o Monte Fior serão, em linha direta, não menos do que quatro ou cinco quilômetros. Se os austríacos forçarem essa entrada, a "porta", podem fazer passar por ela toda uma armada, sem sofrer nenhuma baixa, enquanto a "chave" permanece pendurada no penhasco. O senhor não bebe, hein? O senhor não bebe!

– A mim me parece que, enquanto tivermos lá em cima vinte batalhões, por aqui os austríacos não passam.

– E como os nossos vinte batalhões vão impedi-los, lá de cima? Com a artilharia? Mas não temos uma só peça e nem poderemos ter nenhuma, porque estamos sem estradas. Com as metralhadoras e os fuzis? Armas inúteis nessa distância. E então? Então, nada. Porque se nós somos uns imbecis não quer dizer que diante de nós estão comandos mais inteligentes. A arte da guerra é a mesma para todos. Verá que os austríacos atacarão o Monte Fior com quarenta batalhões, e inutilmente. Então estaremos empatados. Esta é a arte militar.

A conversa era interessante mas estava se fazendo noite e eu não queira fazer o caminho de volta no escuro. Eu tinha aberto um mapa topográfico e me esforçava para me orientar.

– O senhor não bebe!
E depois, abandonando o observatório, em tom irônico:
– Não confie nos mapas. Do contrário não encontrará mais o seu regimento. Acredite em mim que sou um velho oficial de carreira. Fiz toda a campanha da África. Em Addua nos perdemos porque tínhamos alguns mapas. Por isso fomos parar a oeste em vez de ir a leste. Mais ou menos como se atacássemos Veneza em lugar de Verona. Os mapas, na montanha, são só inteligíveis por quem conhece a região, porque ou nasceram ou viveram lá. Mas aqueles que já conhecem o terreno não precisam de mapas.

Refizemos o percurso até o comando de seu batalhão. Ele se aproximou da mesinha rústica, sentou-se e bebeu dois copinhos, um à minha saúde e outro à sua própria. Agradeci e, colocando-me à testa do pelotão que me esperava, retomei a estrada para voltar ao regimento.

Alguma coisa de verdadeiro deveria haver nas teorias do tenente-coronel. Naquela tarde perdi o caminho de volta. Isso não teria acontecido se tivesse apenas retomado a mesma estrada de ida. Mas já era tarde e eu procurava um atalho, para evitar a muito mais longa estrada normal que conduz a Buso. O sendeiro que escolhi passava inteiramente pelo meio de um bosque, onde já começava a ficar escuro. A poucos metros de uma bifurcação, num terreno acidentado e coberto por vegetação irregular, fomos recebidos por uma carga de fuzilaria. Tarde demais eu percebi que tinha tomado a esquerda ao invés de me dirigir à direita, em direção de Vale Frenzela.

– Pro chão! – gritei. – À direita, todos estendidos no chão!

O pelotão atirou-se ao chão e começou a se arrastar, todos deitados, apoiados nas mãos. Estávamos debaixo de fogo, mas protegidos pelo terreno e pelo bosque mais ou menos fechado. A vegetação escondia-nos completamente.

– Malditos húngaros – blasfemou o sargento que estava ao meu lado –, me acertaram um braço.

– Húngaros? – murmurei.

– Sim, senhor tenente. Tive tempo de ver um em pé. Tinha um trevo de três folhas bordado nas calças.

– Não – eu disse –, o senhor está enganado. São bósnios.

De fato, tínhamos sido informados, no comando da divisão, que a vanguarda inimiga era formada por uma divisão bósnia. Mas os bósnios não tinham trevos desenhados em seus uniformes.

O pelotão estendido pelo chão esperava com calma. O sargento enfaixava seu braço ferido auxiliado por um soldado. A superioridade das tropas diante de nós era evidente. Aquele fogo denunciava pelo menos uma companhia. Se nos tivessem atacados estaríamos liquidados. Fiz preparar as baionetas e dei a ordem para que todos se mantivessem o mais próximo possível uns dos outros, prontos para o contra-ataque.

Estava, contudo, muito preocupado. Tinha recebido ordens de fazer um reconhecimento, entrar em contato com alguma possível divisão à esquerda, e obter esclarecimentos sobre a situação, não para entrar em combate. O pelotão era apenas uma escolta, não uma divisão capaz de suportar um encontro como aquele. Por isso, decidi por uma retirada.

Depois do nervosismo inicial os tiros inimigos aplacaram-se. Ouviam-se agora apenas tiros isolados. Para cobrir o ruído do nosso recuo ordenei que fosse disparada uma granada. O soldado que estava mais próximo de mim acendeu uma granada Sipe, controlou, calmo, o aumento da ignição em sua mão, pulou em pé e a lançou, bem alto para que não atingisse as árvores. A granada explodiu bem, caindo do alto com um estrépito que a floresta tornou mais lúgubre. Fragmentos de madeira dos galhos dispersaram-se sibilando, estridentes como gatos desafinados. Era a primeira granada que disparávamos sobre o altiplano. Um instante de silêncio se seguiu na floresta. Das linhas inimigas uma voz sonora deu a resposta:

– Bem embaixo do teu nariz!

A fuzilaria recomeçou mais intensa. Na nossa frente um sinalizador subiu altíssimo no ar e iluminou toda a floresta e todo o Vale de Ronchi. Nós nos grudamos ao chão como plantas.

"Talvez o sargento esteja com a razão." – pensei – "Devem ser húngaros da costa adriática. Os bósnios certamente não falam italiano."

O reagrupamento do pelotão fazia-se por grupos de esquadra deslocando-se para trás, lentamente, para que o contato entre nós fosse mantido. A essa altura a noite tinha caído completamente e era bem difícil deslocar-se conservando certa ordem.

Empregamos mais de uma hora antes que, a salvo dos tiros, pudéssemos nos reunir atrás, em segurança. A última a chegar até nós foi a quarta esquadra. E tinha feito um prisioneiro. Sob a luz do rastro luminoso, um homem sozinho, colocado entre nós e o inimigo, tinha vindo para o nosso lado com as mãos levantadas. A esquadra o tinha visto e, extinta a luz dos sinalizadores, fez sua captura. Tinha sido necessário achar um prisioneiro para se ter notícia do inimigo. Fiquei feliz com isso. Disse ao cabo da quarta esquadra:

– Vou recomendar um prêmio para toda a esquadra.

O prisioneiro, desarmado, estava no meio da esquadra. Dois soldados seguravam-no pelos braços. Ninguém falava, nem o prisioneiro e nem os soldados. Todos estavam convencidos da inutilidade de uma conversa feita entre línguas estrangeiras. Mas mesmo assim, no escuro e no silêncio, tinha se estabelecido imediatamente aquela simpatia que surge sempre em circunstâncias idênticas. Os vencedores querem prodigalizar demonstrações de bondade em relação aos vencidos e os vencidos aceitam-nas para não parecerem arrogantes. O prisioneiro comia o chocolate que os soldados lhe haviam oferecido e quando eu consenti, uma vez que estávamos abrigados, que se fumasse, e ele também fumou um cigarro, igualmente oferecido. Ordenei uma chamada dos presentes para me certificar de que ninguém tinha ficado para trás, ferido ou perdido, e acendi a lanterna elétrica que trazia no bolso.

– Mas é do nosso regimento! – exclamou o sargento, que

ainda se ocupava em enfaixar o braço, e estava colocado entre mim e o prisioneiro.
– Quem é do nosso regimento? – perguntei distraído.
– O prisioneiro.
– Diabo, diabo, diabo – murmurou entre os dentes o cabo da esquadra.
A lanterna iluminou a cara do prisioneiro. Atônito, as pupilas dilatadas, também ele nos olhava. O cigarro tinha caído de sua boca. O uniforme era o nosso. Sobre o quepe o número do nosso regimento: 399. As insígnias eram as da brigada. Sobre a ombreira, o número da companhia, a Nona. O nosso próprio batalhão.
– Qual é teu nome? – perguntei
– Giuseppe Marassi – respondeu-me, abatido.
Perguntei-lhe o nome do comandante de sua companhia e pelotão, e ele me disse. Eram os nomes de meus colegas de batalhão.
– E como é que você veio parar aqui no meio da gente?
– Me perdi.
– Era a Nona Companhia que disparava contra nós?
– Sim, senhor.
Terminada a chamada, retomamos o caminho pela estrada. O soldado da Nona falava com os companheiros.
– Saiu mal dessa vez, hein?
– Você achava que tinha se livrado da guerra pra sempre, hein, filho de um cão! Confessa que você tinha certeza de que nós éramos austríacos, certo?
– Mas não, não, que é isso? Dou minha palavra...
– E que morto e fome! Engoliu o chocolate como um verdadeiro austríaco. Você vai ter que me devolver...

IV

O batalhão ficou quatro dias entre Buso e a estrada Gallo-Foza, em contato com os postos avançados do inimigo. Os austríacos detidos diante da entrada do Vale Frenzela tinham concentrado todas as suas forças sobre o Monte Fior, defendido principalmente por grupos de batalhões alpinos: o Batalhão Vale Maira, o Batalhão das Sette Comuni, o Batalhão Bassano e outros de cujo nome não me lembro. Eram todos batalhões regionais recrutados no Alto Vêneto. Combatiam, portanto, nos arredores de suas próprias casas. Havia também um regimento de infantaria e alguns outros batalhões dispersos. Até o Primeiro e o Segundo Batalhão do nosso regimento tinham sido mandados para lá com urgência. O meu batalhão, substituído por outras divisões que chegavam pelo Vale Frenzela, foi o último a reunir-se a eles. O major do batalhão fora ferido gravemente e eu, que até aquele momento tinha comandado a Décima Companhia, fui nomeado oficial submajor.

Partimos de Foza pouco depois da meia-noite. O comandante de brigada quis nos cumprimentar. Ele também se reuniria conosco em breve. Um filho seu combatia nos batalhões alpinos. Pelo caminho de mulas escavado na rocha subíamos penosamente em fila indiana. O ruído dos combates no Monte Fior não chegava até nós. O vento levava-o para a esquerda, em direção de Vale d'Assa. O silêncio da noite era quebrado apenas pelos nossos passos e pelas pontas ferradas dos nossos bastões de montanha. De vez em quando chegava até nós, pálida, a luz de algum sinalizador. À nossa direita, da outra vertente, além das escarpas do Monte Tonderecar, vinha o grito das raposas, estridente, rouco, como um riso sarcástico.

O tortuoso caminho de mulas terminava em Malga Lora, espécie de concha natural, pequena, sem árvores, mas com rica vegetação rasteira, aberta sob o cume do Monte Fior. O cume da concha era a continuação dos vértices que desciam em direção ao Monte Tonderecar. A vanguarda do batalhão chegou por lá sob as primeiras luzes da aurora, quando uma coluna de feridos, tratados em Malga e transportados em macas, iniciou a descida. A concha abria-se diante de nós, verde, repousante como um oásis. Havia ainda pequenos restos de neve ao redor dos arbustos e das rochas. O major pensava em reordenar ali o batalhão que se comprimia.

O barulho da fuzilaria era agora audível: o vértice do Monte Fior não estava a mais de uma centena de metros. Nós estávamos muito espremidos contra os paredões para poder vê-lo. Mas os tiros eram raros. O major tinha estendido no chão um grande mapa topográfico e o examinava fumando. De repente rajadas de duas metralhadoras, do alto, abateram-se sobre nós. O major abandonou o mapa e se precipitou à frente do batalhão para fazê-lo recuar. Em um instante saímos do alcance dos tiros e nos espalhamos atrás das rochas.

Depois da surpresa inicial, não tardamos a constatar que o inimigo dominava a entrada de Malga. Evidentemente durante a noite tinham se apoderado de um dos pontos mais elevados e lá tinham colocado as metralhadoras. Mas, lateralmente, todas as posições eram ainda nossas; de outro modo, em Malga ninguém teria conseguido ficar. Mas lá ainda estavam o comando dos grupos alpinos e do setor, e os postos de medicamentos de onde provinham os feridos.

A coluna dos feridos também precisou parar e retroceder.

– Pegue dois mensageiros – disse-me o major –, vá até Malga e se informe sobre o que aconteceu durante a noite. Diga ao comando dos alpinos que nós já estamos aqui e aguardamos ordens.

O major enriqueceu sua fala com algumas blasfêmias. Era toscano de Florença e blasfemava da manhã à noite. Quando ficava nervoso empregava sem parcimônia todo o repertório das margens do Arno.

Com os dois mensageiros, rapidamente, atravessei o espaço que as metralhadoras varriam e em poucos minutos encontrei-me a salvo. O comando dos grupos alpinos podia ser visto no fundo de Malga, quase pendurado na rocha. A Cruz Vermelha dos postos de medicamentos tinha sido erguida ao lado, sobre uma cabana de madeira, velho refúgio das vacas que por ali pastavam durante o verão. Fui até ela. A cabana e seus arredores estavam repletos de feridos que esperavam para ser transportados a Foza. Outros feridos desciam continuamente do alto. Perguntei pelo comandante dos grupos. Mostraram-me um oficial que estava ao lado, em pé, envolto numa grande capa de ordenança, o olhar fixo nos cumes de Malga.

Apresentei-me. Ele usava um capacete na cabeça e não consegui distinguir seu posto, mas, ao me estender a mão mostrou os galões da manga. Era um coronel. Escutou tudo o que eu tinha a lhe dizer, aparentemente calmo, malgrado a falta de sono que se lia em seu rosto, e as notícias que recebia de todas as partes do setor. Próximo dele um capitão escrevia e sequer levantou a cabeça.

– Nós estamos em má posição e não temos forças suficientes para resistir. Não temos artilharia, exceto a do Forte Lisser, a dez quilômetros, que me matou um oficial e alguns soldados. Não temos metralhadoras. A artilharia inimiga colocou todas as nossas fora de combate.

O coronel fez um gesto de desalento. Do interior da capa fez surgir um cantil de metal branco, demorou seu olhar sobre ele como se quisesse constatar que se tratava sempre do mesmo, e bebeu um trago. Retomou o assunto:

– Esta noite fomos atacados no vale, entre as montanhas, por forças superiores. Uma companhia inteira foi destruída. Uma companhia do seu regimento: a Quarta. Não se salvou nenhum oficial. Ela tinha substituído um dos meus batalhões, que também tinha sido destruído ontem à tarde. Informe seu comando disso.

– Sim, senhor.

O coronel procurou de novo o cantil e bebeu outro trago.

– Diga a seu comandante de batalhão que, evitando o terreno batido pelas metralhadoras, passando mais à direita, ataque o vale entre as duas montanhas. A sua obrigação é retomar o vale. O seu batalhão é eficiente?

– Sim, senhor!

– Disposto a tudo?
– A tudo.
O coronel, que ainda segurava o cantil nas mãos, ofereceu-me um pouco.
– Diga a seu comandante que o senhor me encontrou aqui, que o senhor encontrou aqui o coronel Stringari, comandante dos grupos alpinos, decidido a morrer.
– Sim, senhor.
– E lhe diga que devemos morrer todos. Todos devemos morrer. O nosso dever é esse. Diga isso a ele. Compreendeu?
– Sim, senhor.
Desci com rapidez e me reportei ao major. Quando eu lhe disse que deveríamos todos morrer, o major prorrompeu em blasfêmias.
– Morrer todos? Que comece por morrer ele! Problema dele. Que faça isso! Para nós o problema é viver, não morrer. Se morrermos todos, os austríacos descem até Bassano fumando charutos. É o vale entre as montanhas, então, que devemos atacar?
– É o vale.
– Me dá uma bebida – gritou o comandante para seu atendente.
O atendente estendeu-lhe um cantil com conhaque.
Atacar o vale entre as duas montanhas era uma operação difícil. Mas o major, apesar de seu nervosismo, sabia comandar um batalhão. Talvez conseguíssemos.
O batalhão já estava em posição, e as companhias estavam em ordem. O major mandou o tenente Santini, da Nona, reconhecer o terreno com seu pelotão. Ele pensava que deveríamos fazer um percurso mais longo, para depois ter a vantagem de atacar o vale do alto, pela direita, em vez de atacá-la pela frente, de baixo.
Enquanto as companhias iniciavam o movimento, um subtenente dos alpinos, de Malga Lora, veio ao nosso encontro, trazendo uma ordem por escrito. O coronel ordenava que o batalhão suspendesse a ação do vale e, o mais rápido

possível, tomasse posição no Monte Spill, defronte do Monte Fior. Era uma operação completamente diferente porque o vale ficava à direita de Malga Lora, e Monte Spill à esquerda. O major pediu explicações. O subtenente então disse que o coronel temia que os austríacos pudessem, de um momento para outro, forçar nossas posições no Monte Fior e nos expulsar dali. Imediatamente depois do meu colóquio com o coronel, o Batalhão "Bassano" foi obrigado a fazer uma retirada, reduzido a quarenta homens. Era necessário, portanto, remediar no ponto mais delicado.

Mesmo diante do próprio oficial alpino o major blasfemou contra as ordens e as contraordens. Mas iniciou o deslocamento do batalhão em direção ao Monte Spill.

Naquele dia estava mais nervoso do que habitualmente. A todo momento ficava perguntando se a mula que carregava as caixas com o material do comando do batalhão tinha chegado. Mas a mula não chegava. As caixas de material não tinham nenhuma utilidade para nós, e a impaciência do major devia ter outra causa. Não demorei muito para compreender que ele estava à espera de sua caixa de material pessoal, e não a do comando. Poucos no batalhão sabiam que ele, nos dias de combate, costumava vestir uma couraça. Para não carregar o peso durante a marcha, ele a tinha deixado para trás, com as mulas que transportavam as bagagens, os víveres etc. A couraça estava certamente na sua caixa particular. Com ambas mãos ele apalpava continuamente o peito. Como se lhe faltasse a couraça. Estava habituado aos riscos da guerra: tinha estado inclusive na da Líbia, provavelmente sem couraça. Agora, porém, ela tinha se tornado uma ideia fixa que o mantinha em constante agitação. Ouviam-se suas blasfêmias por todo o batalhão.

Com bastante fadiga o batalhão escalava o Monte Spill. O terreno era difícil e recoberto por arbustos. Um pelotão da Nona, com o tenente Santini, marchava em exploração. Uma patrulha inimiga com metralhadoras caiu na sua mão. Nós não conseguimos estabelecer por onde tinham conseguido passar, porque à frente nossas linhas resistiam ainda. Provavelmente era uma patrulha de outro setor, perdida. Mandamos para a retaguarda os prisioneiros sem que nos tivesse sido possível compreendê-los. Dessa vez eram realmente bósnios. Esse feliz episódio serenou um pouco o major, que ordenou que a cada um dos prisioneiros fossem dados cigarros e pão.

Chegamos ao Monte Spill pelas cinco da tarde. Monte Spill ainda resistia. Ao redor dele tinham acorrido também batalhões de infantaria de outros regimentos. Um subtenente de um desses batalhões viu-nos chegar e veio ao nosso encontro para estabelecer o contato. Quando ele retornou ao seu comando eu quis acompanhá-lo para ficar a par das forças com que o nosso batalhão poderia contar à sua esquerda. E me vi, pela segunda vez, na presença do tenente-coronel do observatório de Stoccaredo. Nesse momento ele comandava dois batalhões do seu regimento, cujo comando tinha ficado em Stoccaredo com um batalhão. Também ele dependia do comando dos grupos alpinos.

Estava estirado sob uma tenda aberta, protegida por uma grande rocha. Foi ele a me ver primeiro, e me chamou.

– Venha aqui. Sente-se um minuto. O que eu lhe tinha dito? Aí está, os austríacos atacam o Monte Fior.

Eu me sentei no chão, próximo à tenda. Ele continuou estirado sobre uma coberta de campo. Uma garrafa, sem marca e um pequeno copo estavam ao alcance de sua mão. Dirigiu-me ainda algumas perguntas a respeito dos meus estudos.

– Ah! O senhor conhece também a Universidade de Turim! Bravo! Vamos bater um papo sem falar de guerra.

Ele era piemontês.

– Guerra, sempre guerra! É de ficar maluco. Posso falar francamente com o senhor?

– Certamente – eu disse –, para mim é um verdadeiro prazer.

– Sou um oficial errado. Sinceramente, tenho cara de um oficial de carreira? Fiz dois anos de Universidade, em letras. Sempre o primeiro do curso. Aquela era minha carreira.

Mas meu pai tinha um prego na cabeça. Prego não, uma baioneta! Me obrigou a entrar na Escola Militar. Meu pai era coronel, meu avô general, meu bisavô general, meu trisavô... Em suma, eu tenho no corpo oito gerações de oficiais, em linha direta. Me arruinaram.

O tenente-coronel falava lentamente e bebia lentamente. Bebia a pequeníssimos goles, como se faz com uma taça de café.

– Eu me defendo bebendo. De outro modo já estaria num manicômio. Contra as torpezas do mundo um homem honesto se defende bebendo. Faz mais de um ano que faço a guerra, um pouco por todos os frontes, e até agora não vi a cara de um único austríaco. E, entretanto, nos matamos sem parar todos os dias. Matar-se sem se conhecer, sem nem ao menos se ver! É horrível! É por isso que nos embebedamos todos, dos lados. O senhor já matou alguém, por acaso? O senhor pessoalmente, com suas mãos?

– Espero que não.

– Eu, ninguém. Não vi ninguém mesmo. E, no entanto, se todos, de comum acordo, lealmente, parássemos de beber, talvez a guerra terminasse. Mas se os outros bebem, bebo eu também. Veja, tenho uma longa experiência. Não é a artilharia que nos mantém em pé, nós da infantaria. Antes ao contrário. A nossa artilharia nos derruba frequentemente, atirando sobre nós.

– Também a artilharia austríaca atira frequentemente sobre sua própria infantaria.

– Naturalmente. A técnica é a mesma. Abolida a artilharia de ambos os lados a guerra continua. Mas experimente abolir o vinho e o conhaque. Experimente. Experimente só.

– Eu já experimentei...

– No seu caso um insignificante e deplorável fato pessoal. Mas estenda o seu exemplo como ordem, como norma geral. Nenhum de nós vai se mexer mais. A alma do combatente desta guerra é o álcool. Por isso os soldados, na sua infinita sabedoria, o chamam de gasolina.

O coronel levantou-se. Seu rosto pálido iluminou-se com um sorriso. Do meio de alguns papéis retirou um livro. Sacudiu-o diante de meus olhos e me perguntou:

– Que livro é esse? Adivinhe. Que livro?

– O regulamento de serviço em guerra – eu disse sem nenhuma convicção, procurando ler o título.

– Eu, o serviço em guerra? Mas o senhor está louco. Vamos, adivinhe.

Compreendi que se tratava de um livro atual relativo à sua predileção.

– *Bacco in Toscana* – disse.

– Não, mas chegou perto.

– Anacreonte.

– Não.

Eu procurava outro nome de algum ilustre bebebor. O coronel colocou diante dos meus olhos a lombada e eu li: *A arte de preparar conhaques por si mesmo*.

– Compreenda – explicou –, com esta maldita guerra na montanha não podemos transportar conosco nem mesmo duas garrafas. Desta maneira aqui, posso preparar quanto eu quiser. Eu sei, há uma bela diferença entre o álcool destilado e isso que preparo. Mas melhor assim do que nada...

– Arte rara – eu disse.

– Rara – repetiu o tenente-coronel. – Acredite, vale a arte da guerra.

No Monte Fior combatia-se furiosamente.

V

– Por que esse urubu ainda não subiu? – perguntava-me o major irritado porque o tenente médico ainda não tinha chegado ao batalhão. – Se eu não lhe dou uma lição, vai acabar estabelecendo o posto médico na sua casa.

Ele ficava cada vez mais exaltado. As caixas do comando ainda não tinham chegado. E o batalhão estava no Monte Spill havia mais de quatro horas. Ficou realmente furioso quando se apresentaram ao comando dois soldados do corpo da polícia especial do exército, que acompanhavam um soldado da Nona, surpreendido em Foza, sem ter conseguido justificar sua ausência da divisão. O comando de brigada tinha ordenado que ele fosse acompanhado até o *front*, tanto estava persuadido de que se tratava de uma tentativa de deserção.

– Um desertor no meu batalhão! – gritava o major. – Nunca houve um desertor no meu batalhão. Mas eu o mando fuzilar encostado na parede!

A menos que os dois policias militares fossem toscanos, nunca em todas suas vidas tinham ouvido tantas blasfêmias em tão poucos minutos. O major interrogou o soldado. Era o soldado Marassi Giuseppe, o "bósnio". Ele sustentava que tinha perdido a sacola com duas porções de carne de reserva. Para evitar uma punição tinha voltado com a esperança de poder encontrá-la, no extremo de Foza, no ponto em que ficara o último acampamento de sua companhia.

– Que reserva e que acampamento?! – rebatia o major e, dirigindo-se aos policias militares: – Por que ele ainda não foi fuzilado?

O soldado foi salvo pelo condutor que trazia as mulas carregando as caixas do comando. O major suspendeu o interrogatório, dispensou os policiais militares e se ocupou das caixas. Para não o constranger afastei-me, acompanhado de Marassi.

– Marassi – eu disse –, seus hábitos estão cada vez piores. Uma vez você perde a sacola, outra vez você mesmo se perde. O que você vai perder ainda?

Ele não respondia nem às minhas considerações nem às minhas perguntas.

O major reapareceu, o peito protegido, sorridente. Parecia que tinha nascido de novo. Viu a mim e a Marassi e veio ao nosso encontro.

– Esses bocós desses policiais sempre falando besteiras sobre deserções. Se existem aqui desertores, são eles, que vivem emboscados nas zonas de retaguarda. Marassi, já para sua companhia! Sobre sacolas não quero mais histórias. Compre, roube, mas as sacolas devem estar no seu lugar. Estamos entendidos?

– Sim, senhor.

– Vá para a companhia e não se fala mais nisso.

Pouco antes da meia-noite o batalhão recebeu ordem de, completo, se colocar no *front*, no Monte Fior, com todas as quatro companhias, os sapadores e as seções de metralhadoras. Tomamos posição, no escuro, de maneira um pouco confusa, ocupando o espaço que a outra tropa, deslocando-se mais para a direita, tinha-nos cedido. Passamos toda a noite cavando.

A situação era difícil e nos demos conta disso quando, ao nascer do dia, os austríacos abriram fogo. Na ordem que tinha sido comunicada estava escrito: "É preciso ficar agarrado ao terreno com unhas e dentes". A frase, de algum sabor literário, descrevia com suficiente acuidade a posição de cada um de nós. As trincheiras, eram de fato improvisadas sobre a terra nua, sem escavações profundas, sem os sacos de terra, sem parapeitos. Mais do que trincheiras tínhamos encontrado escavações individuais, descontínuas, que cada um tinha procurado aprofundar, se não propriamente com os dentes, com certeza, em grande parte com as unhas. Estávamos estendidos, barriga contra o chão, a cabeça apenas ao abrigo de alguma pedra e pedaços de terra dura. A cada rajada de metralhadora, a cada sibilo de granada, instintivamente fazíamos um esforço ainda maior para ocupar menos espaço e oferecer menos pontos vulneráveis, comprimindo-nos sempre mais sobre o terreno, confundindo-nos com a linha do chão.

O bombardeio de artilharia vinha de todas as peças de campanha colocadas na concha do Asiago, peças de grande calibre. Pela primeira vez os calibres 305 e 420 entravam em ação no altiplano. Estes últimos, nós não conhecíamos ainda. A trajetória produzia um barulho especial, um rumor gigantesco, que se interrompia momentaneamente para reaparecer sempre num crescendo, até a explosão final. Ondas de terra, pedras, pedaços de corpos elevavam-se altíssimos para cair ao longe. No buraco produzido podia-se colocar um pelotão inteiro reunido. Eu pensava na couraça do major. Os ataques só raramente atingiam a primeira linha. A maior parte endereçava-se às nossas costas, em direção aos dois grandes vales laterais e em torno do Monte Spill. A terra tremia sob nossos pés. Um terremoto sacudia a montanha. Ainda hoje, após tanto tempo, enquanto nosso amor-próprio, por um processo psicológico involuntário, põe em relevo só os sentimentos do passado que nos parecem mais nobres e oculta os outros, recordo a ideia dominante daqueles primeiros momentos. Mais que uma ideia, uma agitação, um impulso instintivo: salvar-se.

O aspirante Perini ergueu-se no meio de seus soldados e pôs-se em fuga. Ao se levantar impetuosamente, uma granada quase o varreu da face da terra; voltou as costas para seu pelotão e se precipitou para trás. Muito jovem e um pouco doentio, ele não tinha tomado parte em nenhum combate. O major viu-o antes de mim, quando passou quase ao seu lado, e chamou minha atenção para ele. Sem capacete, a cara transtornada, o aspirante bradava: "Hurra! Hurra!" É possível que no auge do pânico os austríacos tivessem de tal maneira penetrado na sua mente, que gritasse por eles.

– Dê um tiro naquele velhaco! – gritou-me o major.

Eu ouvia o major, mas olhava o aspirante, sem poder me mover. O major também não se movia. Ele continuava a gritar para mim:

– Atire naquele velhaco!

O aspirante já tinha percorrido cerca de uma centena de metros e tinha desaparecido atrás da rocha, voando, mas o major, como um gramofone que repetisse eternamente a mesma frase de um disco gasto, continuava, monótono, a gritar.

– Dê um tiro naquele velhaco! Dê um tiro naquele velhaco!

Para persuadi-lo a mudar o discurso peguei o cantil de

conhaque do seu atendente, que estava a meu lado, e lhe ofereci. Ele aferrou o cantil com mãos ávidas, como se até aquele momento não tivesse feito outra coisa senão pedir-me bebida. Com o dorso da mão enxugou os lábios, úmidos e terrosos, e bebeu demoradamente.

Estávamos todos morrendo de sede. A todo instante ao longo da linha via-se alguém, com um gesto em direção às costas, liberar o cantil e beber. Poucos minutos de bombardeio tinham bastado para fazer arder as nossas bocas, as línguas, as gargantas e nos fazer desejar loucamente uma gota que nos refrescasse e diminuísse o ardor e a frenética impaciência. O pouco conhaque que tínhamos recebido de Foza já tinha sido consumido.

Em meio ao silvo das granadas, os soldados levantavam-se, um depois do outro, corriam até uma depressão do terreno, agarravam um punhado de neve e voltavam a seus postos. Essas corridas desesperadas eram a única ação que animava a cena imóvel e nos dava a certeza de que ainda havia seres vivos no *front*. Eu mastigava folhas de árvores que tinha colhido perto do Monte Spill e guardado nos bolsos. Todos fumavam. O major, a cada cigarro apagado, acendia outro e fumava sem interrupção. As granadas estouravam tão perto do nosso grupo que eu não ouvia mais o que me dizia o major. Ele apanhou um pedaço de papel, escreveu algumas palavras e me passou. O bilhete dizia: "Levante-se e veja o que está acontecendo". Eu me levantei e olhei. O batalhão imóvel parecia uma longa fileira de arbustos. À direita, no centro da sua companhia, o tenente de cavalaria Grisoni, estava em pé, empertigado, as mãos nos bolsos e o cachimbo na boca. Não notei mais nada na linha.

O bombardeio continuava, mas o batalhão resistia.

Quanto tempo durou aquela ação eu não saberia dizer. Não poderia dizer nem naquela época. Durante uma ação perde-se a noção do tempo. Parece que são dez da manhã e estamos às cinco da tarde. De súbito uma metralhadora nossa abriu fogo. Eu me levantei para ver. Os austríacos atacavam.

VI

Quem tenha assistido aos acontecimentos desse dia creio que se lembrará deles até na hora de sua morte.

Nossa metralhadora disparava ao mesmo tempo em que o bombardeio cessava. O inimigo tinha atacado no instante exato em que a artilharia tinha suspendido fogo.

Os austríacos atacavam em massa, em ordem cerrada, com os batalhões lado a lado. Fuzis a tiracolo eles não disparavam. Convencidos que, depois daquele bombardeio, não tivesse restado viva alma nas nossas linhas, avançavam com segurança. Avançavam cantando um hino de guerra, mas não nos chegava senão a ressonância de um coro incompreensível.

– Hurra!

E o coro respondia.

Nas nossas linhas instaurou-se uma confusão difusa. Os oficiais e os graduados corriam curvados, tentando controlar as divisões. O bombardeio tinha-as atingido apenas em parte. O major gritava:

– Atenção! Abram fogo! Preparados para contra-atacar com baioneta!

Os oficiais repetiam as ordens e se ouviu toda uma sucessão de vozes. O batalhão revivia. A linha de frente abriu fogo. Das nossas duas metralhadoras, só uma disparava. A outra tinha sido destruída por uma granada. Das linhas inimigas nós não víamos senão as que tínhamos diante de nós, mas o ataque devia ter sido simultâneo, inclusive à nossa direita.

Os batalhões avançaram a passo, lentamente, interceptados por pedras e pedaços de madeira. A nossa metralhadora disparava raivosamente sem descanso. Quem a manobrava era o próprio comandante da seção, o tenente Ottolenghi. Nós víamos divisões inteiras caírem, ceifadas. Os companheiros desviavam para não passar sobre os caídos. Os batalhões se recompunham. O canto reaparecia. A maré avançava.

– Hurra!

O vento soprava contra nós. Do lado austríaco vinha um cheiro de conhaque, carregado, condensado, como se saísse de cantinas úmidas, conservadas fechadas por anos. Durante o canto e o grito de "Hurra!" parecia que as cantinas tinham escancarado as portas e nos inundado de conhaque. Aquele conhaque chegava às minhas narinas em ondas, infiltrava-se nos pulmões e lá permanecia com um cheiro de alcatrão, gasolina, resina e vinho ácido.

– Preparar o contra-ataque! – continuava a gritar o major em pé no meio dos soldados.

Minha atenção foi atraída principalmente pelo comandante da 11ª. Ele estava em pé, ereto, o rosto sujo de respingos de lama, a cabeça descoberta. Com a mão direita segurava a pistola e com a esquerda, o capacete. Estava a uns poucos metros de nós.

– Covardes! – gritava. – Avancem se têm coragem! Venham, venham!

E se voltava ora para os austríacos que avançavam ao longe, ora para seus soldados que estavam no chão e olhavam para ele perplexos. Ele apontava o capacete com o braço teso, como se fosse uma pistola. E era a pistola que, trocando-a pelo capacete, tentava enfiar na cabeça. Quanto mais seus esforços resultavam vãos, mais se exasperava e gritava. Batia com a pistola na cabeça, com golpes violentos e o sangue corria-lhe pelo rosto. O capitão parecia tomado de fúria sanguinária.

– Hurra!

Os austríacos não estavam a mais do que uns cinquenta metros.

– Para as baionetas! – gritou o major.

– Sabóia[1]! – gritaram as divisões, lançando-se à frente.

Do que aconteceu naquele embate não consegui conser-

---

[1] A Sabóia era a família que reinava na Itália à época da Primeira Guerra, com Vítor Emanuel III, cujo reinado foi de 1900 a 1946. (N. da E.)

var uma lembrança clara. O cheiro daquele conhaque tinha me aturdido. Mas vi distintamente que, diante de nós, à esquerda, das formações austríacas destacou-se um grupo de três homens com uma metralhadora e colocou-se atrás de uma rocha. O *tac tac* da Schwarzlose seguiu-se àquele movimento rápido. Os tiros sibilaram ao nosso redor. O major estava ao meu lado. A pistola caiu da sua mão, ele ergueu os braços para o alto e se derrubou sobre mim. Fiz um esforço para levantá-lo, mas caí por terra eu também. O seu atendente atirou-se ao seu lado para reerguê-lo. O major permaneceu estendido. O atendente desabotoou sua túnica e vimos seu peito coberto de sangue. A couraça metálica, com desenhos de escamas de peixe, estava crivada de balas. Eu me levantei e recomecei a corrida para frente. O embate entre os nossos e os austríacos já tinha começado. A confusão que misturou ambos os lados, obrigou a uma interrupção involuntária. As divisões austríacas recuaram a passo, os fuzis nas bandolas, como tinham avançado. A resistência imprevista tinha-os perturbado. Os nossos, retidos pelos oficiais, barriga no chão, abriram fogo às costas. Vi cair alguns apenas. As divisões, lado a lado, dispersaram-se rapidamente atrás das pedras. O vento continuava a soprar e a nos mandar ondas de conhaque.

O pobre major tinha dado ordens claras sobre o contra-ataque. Ele queria que, repelidos os austríacos, os batalhões reocupassem suas posições de partida. Eu fiz a ordem ser cumprida rapidamente. O oficial mais antigo, o capitão Canevacci, assumiu o comando do batalhão.

O terreno estava coberto de mortos, mas tínhamos resistido. Transportamos os feridos para trás da melhor maneira possível, já que não tínhamos mais macas. O tenente Grisoni, levado nos braços por dois soldados, a perna fraturada, cachimbo na boca, descia assobiando.

Reordenamos as divisões e fizemos a chamada dos presentes.

As horas passaram. O sol descia para os lados do Pasubio e nós estávamos ainda na linha de frente, sem notícias.

Os austríacos faziam-se vivos só por meio de alguns tiros de artilharia de campanha. Era a calma, depois da tempestade.

Uma ordem do comandante do setor recolocou-nos em movimento. Dizia: "O inimigo pode ter tomado posição em mais pontos. A linha do Monte Fior não é mais sustentável. Ao receber a ordem, o batalhão deve recuar ordenadamente para o Monte Spill."

– Recuar para o Monte Spill? – gritava o capitão Canevacci, investindo contra o portador da mensagem. – E amanhã uma outra ordem nos fará atacar o Monte Fior e seremos trucidados.

O capitão não admitia que se pudesse abandonar ao inimigo, sem uma resistência qualquer, uma posição tão importante.

– Eu me deixo fuzilar – repetia –, mas não recuo.

O mensageiro pedia alguma coisa escrita que acusasse o recebimento da ordem que havia entregado, mas o capitão se recusou.

– Diga que não dou ordem de recuar. Diga que me podem fuzilar por desobediência, mas que o batalhão, enquanto eu for comandante, não abandona o Monte Fior.

Eu tentei demonstrar-lhe que o comandante do setor era o único competente para decidir sobre a situação e que nós não tínhamos nenhum dos elementos necessários para julgar que ele estivesse errado. De qualquer maneira, era preciso obedecer. O capitão não se convenceu e mandou de volta o mensageiro sem resposta escrita. Ele era um oficial de carreira e arriscava muitíssimo. Em vão, mesmo depois da partida do mensageiro, esforcei-me para fazê-lo voltar atrás na sua decisão. Ele estava convencido de que o abandono do Monte Fior era um ato de traição. Não tinha passado nem meia hora e um cabo do comando do nosso regimento apresentou-se com outra ordem por escrito. O coronel em pessoa a havia assinado. "Se o batalhão" – dizia a ordem – "não iniciar o recuo ordenado, o capitão Canevacci se considere destituído do comando."

– Eu, destituído do comando? Mas o exército italiano é comandado por austríacos! É uma vergonha.

Estava furibundo. Mas passado o furor, teve que se decidir a obedecer. Recuamos por ordem de companhia, e levamos conosco os mortos. Quando a última companhia retirou-se do Monte Fior, o resto do batalhão, colocando-se entre dois outros batalhões, ocupava já sua posição no Monte Spill.

No Monte Fior tínhamos deixado uma rede de sentinelas. Deviam continuar a disparar de quando em quando alguns tiros de fuzil e retirar-se ao primeiro sinal de avançada inimiga. Até o final da tarde os austríacos não tinham se apercebido do nosso recuo. Finalmente suspeitaram de alguma coisa e fizeram avançar uma linha de patrulhas. As nossas sentinelas dispararam os últimos tiros e se reuniram ao batalhão. As patrulhas inimigas encontraram o Monte Fior deserto.

Eu estava na linha de frente, no ponto mais elevado do Monte Spill, e olhava o Monte Fior. Os austríacos afluíam em desordem. Em pouco tempo a linha por nós abandonada foi ocupada por um grupo de batalhões. O cume do monte estava repleto de tropas.

Creio que deviam ser seis ou sete da noite. Nas posições inimigas notei uma movimentação incomum. O que acontecia? Os batalhões se agitavam, gritando, saudando. A massa inteira, como um só homem, levantou-se e uma aclamação nos chegou lá de cima:

– Hurra!

Os austríacos agitavam os fuzis e os quepes em nossa direção.

– Hurra!

Eu não conseguia entender aquela festa. Parecia uma coisa muito maior do que a alegria por uma posição conquistada, aliás, sem um combate decisivo. Então por que tanto entusiasmo?

Virei-me para trás e compreendi.

De frente, inteiramente iluminada pelo sol, como um imenso manto de pérolas cintilantes, estendia-se a planície veneta. Logo embaixo, Bassano e Brenta, um pouco mais além, à direita, Verona, Vicenza, Treviso, Padova. No fundo, à esquerda, Veneza. Veneza!

VII

O comandante da divisão, considerado responsável pelo abandono injustificado do Monte Fior foi destituído. Em sua substituição assumiu o general Leone. A ordem do dia do comandante de corpo da armada apresentava-o como "um soldado de comprovada firmeza e bravura indiscutível". Encontrei-o pela primeira vez no Monte Spill, nas proximidades do comando do batalhão. O seu oficial de ordenança disse-me que ele era o novo comandante de divisão e eu me apresentei.

Em posição de sentido eu lhe dava as novidades do batalhão.

– Fique à vontade – disse-me o general em tom correto e autoritário. – Onde o senhor fez a guerra até agora?

– Sempre na mesma brigada, no Carso.

– Foi ferido alguma vez?

– Não, senhor general.

– Como? O senhor fez toda a guerra e nunca foi ferido? Nunca?

– Nunca, senhor general. A menos que se possa levar em consideração alguns ferimentos leves que foram tratados no próprio batalhão, sem necessidade de entrar no hospital.

– Não, não. Eu falo de ferimentos sérios, ferimentos graves.

– Nunca, senhor general.

– É muito estranho. Como o senhor explica esse fato?

– A razão precisa me escapa, senhor general, mas o certo é que nunca fui ferido gravemente.

– O senhor tomou parte em todos os combates de sua brigada?

– Em todos.
– Nos "gatos pretos"?
– Nos "gatos pretos".
– Nos "gatos vermelhos"?
– Nos "gatos vermelhos", senhor general.
– Muito estranho. Por acaso o senhor seria um pusilânime?

Eu pensava: para por em seu devido lugar um homem desses seria preciso pelo menos um general comandante de corpo de armada. Como eu não respondesse imediatamente, o general, sempre em tom grave, repetiu a pergunta.

– Creio que não – respondi.
– O senhor crê ou tem certeza?
– Na guerra não se tem certeza de nada – respondi suavemente. E acrescentei com um esboço de sorriso que se pretendia benevolente. – Nem de ter certeza.

O general não sorriu. Sim, creio que para ele era impossível sorrir. Trazia o capacete de aço, com as presilhas afiveladas sob o queixo, o que dava ao seu rosto uma expressão metálica. A boca era invisível, e, não fosse pelo bigode que usava, poder-se-ia dizer que era um homem sem lábios. Os olhos eram cinza e duros, sempre abertos como os de um pássaro de rapina noturno.

O general mudou de assunto.

– O senhor ama a guerra?

Eu hesitei um pouco. Deveria ou não responder à questão? Ao redor havia oficiais e soldados que escutavam. Decidi responder.

– Eu era pela guerra, senhor general, e na minha Universidade representava o grupo dos que propunham a intervenção.

– Isso – disse o general em tom terrivelmente calmo – é uma coisa do passado. Minha pergunta é sobre o presente.

– A guerra é uma coisa séria, séria demais, e é difícil dizer se... é difícil... de qualquer modo eu cumpro meu dever.

E como ele fixava sobre mim um olhar insatisfeito, acrescentei:

– Todo o meu dever.

– Não lhe perguntei – disse-me o general – se o senhor faz ou não faz o seu dever. Na guerra todos devem fazer seu dever, porque não o fazendo corre-se o risco de ser fuzilado. O senhor me entende. Eu lhe perguntei se o senhor ama ou não ama a guerra.

– Amar a guerra! – exclamei um pouco desalentado.

O general lançava-me um olhar fixo, inexorável. Suas pupilas tinham aumentado de tamanho. Eu tinha a impressão de que giravam nas órbitas.

– Não pode responder? – exigia o general.

– Bem, eu penso... certamente... me parece que posso dizer... que devo ponderar...

Eu procurava uma resposta possível.

– O que o senhor pensa, em suma?

– Penso, pessoalmente, quero dizer, por minha conta, em linhas gerais, não posso afirmar que tenha uma predileção particular pela guerra.

– Coloque-se em posição de sentido!

Eu já estava em posição de sentido.

– Ah! O senhor é pela paz?

Agora, na voz do general havia surpresa e desprezo.

– Pela paz! Como uma mulherzinha qualquer, dedicada à casa, à cozinha, ao quarto, às flores, às suas flores, às suas florzinhas. É isso, senhor tenente?

– Não, senhor general.

– Então qual é a paz que o senhor deseja?

– Uma paz...

E uma súbita inspiração ajudou-me.

– Uma paz vitoriosa.

O general pareceu reassegurar-se. Dirigiu-me mais algumas perguntas de serviço e pediu que eu o acompanhasse até a linha de frente.

Quando chegamos às trincheiras, no ponto mais elevado e mais próximo das linhas inimigas, diante do Monte Fior, perguntou-me:

– Deste ponto, qual a distância que existe entre as nossas trincheiras e as austríacas?
– Cerca de duzentos e cinquenta metros – respondi.
O general olhou longamente e disse:
– Existem duzentos e trinta metros.
– É provável.
– Não é provável. É certo.

Nós tínhamos construído uma trincheira sólida, com pedras e blocos de terra dura. Os soldados podiam percorrê-la em pé sem serem vistos. As sentinelas observavam e disparavam das seteiras, protegidos. O general olhou as seteiras, mas não ficou satisfeito. Mandou empilhar umas pedras no parapeito da trincheira e subiu nelas, empunhando um binóculo. Assim erguido, ficava completamente descoberto do peito à cabeça.

– Senhor general – eu disse –, os austríacos têm ótimos atiradores e é perigoso descobrir-se assim.

O general não me respondeu. Em pé, continuava a olhar pelo binóculo. Das linhas inimigas partiram dois tiros de fuzil. As balas assobiaram próximas do general. Ele permaneceu impassível. Dois outros tiros seguiram-se aos primeiros e uma bala raspou a trincheira. Só então, composto e lento, ele desceu. Eu o observava de perto. Mostrava uma arrogante indiferença. Só seus olhos giravam vertiginosamente. Davam a impressão de duas rodas de um automóvel em velocidade.

A sentinela que estava a dois passos dele continuava a olhar pela seteira e não se ocupava do general. Mas soldados, e um cabo da 12ª Companhia que estava na linha, atraídos pelo excepcional espetáculo, tinham se reunido em pequeno grupo ao lado do general e olhavam-no, com mais desconfiança do que admiração. Eles certamente achavam naquela atitude excessivamente intrépida do comandante de divisão razões suficientes para considerar, com certa apreensão, a sorte que a eles próprios estava reservada. O general contemplou seus espectadores com satisfação.

– Se você não tem medo – disse dirigindo-se ao cabo –, faça o que fez o seu general.

– Sim, senhor – respondeu o cabo. E, apoiando o fuzil na trincheira, subiu na pilha de pedras.

Instintivamente, agarrei o cabo pelo braço e o obriguei a descer.

– Os austríacos agora estão avisados – eu disse – e não errarão outro tiro.

O general com um olhar terrível recordou-me a distância hierárquica que nos separava. Eu larguei o braço do cabo e não disse mais uma palavra.

– Mas não tem importância – disse o cabo, e subiu de novo nas pedras.

Não tinha sequer se erguido completamente e foi acolhido por uma salva de fuzilaria. Os austríacos advertidos pela aparição precedente, esperavam apontando os fuzis. O cabo se manteve incólume. Impassível, os braços apoiados sobre o parapeito, o peito descoberto continuava o olhar em frente.

– Bravo! – gritou o general. – Agora você pode descer.

Da trincheira inimiga partiu um tiro isolado. O cabo se curvou para trás e caiu quase aos nossos pés. Eu me inclinei sobre ele. A bala o havia atingido na parte superior do peito, abaixo da clavícula, atravessando de um lado ao outro. Sangue saía da sua boca. De olhos fechados e respiração difícil, murmurava:

– Não é nada, senhor tenente.

O general também se curvou. Os soldados olhavam-no com ódio.

É um herói – comentou o general –, um verdadeiro herói.

Quando ele ergueu o corpo, seus olhos novamente se encontraram com os meus. Foi um segundo. Naquele instante veio-me à lembrança ter visto esses mesmos olhos, frios e inquietos, no manicômio da minha cidade, numa visita organizada pelo nosso professor de Medicina Legal.

– É um herói autêntico – continuou o general.

Sacou de seu porta-moedas uma lira de prata.

– Toma – disse –, para você beber um copo de vinho na primeira ocasião.

O ferido negou com a cabeça e fez um gesto de esconder as mãos. O general ficou com a lira entre os dedos, e, depois de hesitar, deixou-a cair sobe o cabo. Nenhum de nós a recolheu.

O general continuou a inspecionar a linha e, chegado aos confins do meu batalhão, dispensou-me de continuar seguindo-o. Eu refiz o caminho de volta ao comando. Havia um tumulto por toda a linha. A notícia do que tinha acontecido já tinha corrido pelos setores. Os que transportavam feridos e que tinham levado o cabo ao posto médico, de sua parte, haviam contado o episódio a todos que encontraram pelo caminho. Dei com o capitão Canevacci excitadíssimo.

– Aqueles que comandam o exército italiano são austríacos! – exclamou. – Austríacos pela frente, austríacos pelas costas e austríacos entre nós!

Próximo ao comando do batalhão, encontrei-me novamente com o tenente-coronel Abbati. Assim se chamava o oficial da 301ª. Ele devia ir para o *front* com seu batalhão. Também estava informado. Fiz-lhe uma saudação. Ele não respondeu. Quando chegou mais perto disse-me, preocupado:

– A arte militar segue seu curso.

Com o braço esticado tentava liberar o cantil que trazia na cintura. Apressei-me em oferecer-lhe o meu. Ele, com ar distraído, olhar ausente, pegou o cantil com delicadeza. Aproximou-o da orelha e o sacudiu: não estava vazio. Tirou a tampa metálica e encostou-o nos lábios para beber. Mas interrompeu-se de repente, com uma expressão de estupor e repugnância no rosto, como se visse sair do cantil a cabeça de uma víbora.

– Café! Café e água! – exclamou em tom lamentoso. – Meu jovem, comece a beber, de outro modo também o senhor vai acabar no manicômio como o seu general.

VIII

Um homem tão temerário como o general Leone não podia permanecer inativo. Nós não tínhamos ainda uma só peça de artilharia sobre o altiplano. Ele, mesmo assim, ordenou o assalto ao Monte Fior para o dia 16. O meu batalhão, reserva de brigada, permaneceu atrás e eu não tomei parte na ação.

Passamos alguns dias de calma. A artilharia inimiga não atacava. Nós não tivemos sequer um ferido. Para nós foi um verdadeiro repouso. Quantas horas passadas recostados nas rochas, o olhar vagando – com os nossos sonhos – sobre a planície veneta. Como a vida estava longe de nós!

O comandante da divisão não repousava. Ele queria, a qualquer custo, apoderar-se do Monte Fior. Todos os dias ia até o *front* medindo distâncias, traçando desenhos, fazendo projetos. Tinha, por fim, cogitado um plano de ataque surpresa, usando baionetas, em plena luz do dia, que o meu batalhão, o que mais conhecia o cume do monte, deveria efetuar. O ataque estava marcado para o dia 26; os austríacos retiraram-se no dia 24.

A nossa resistência no Pasubio e a grande ofensiva desencadeada pelos russos na Galícia tinham obrigado os austríacos a suspenderem as ações no altiplano. Do mesmo modo que nós, eles abandonaram o Monte Fior. E nós o retomamos do mesmo jeito que eles o tinham conquistado. A retirada, que durou provavelmente mais que um dia, foi disfarçada habilmente. Nas primeiras linhas tinham ficado apenas raros pontos de patrulhas. Quando nós nos apercebemos, iniciamos o avanço e não tivemos mais que pequenos embates de patrulhas.

O general, destemido na guerra de posições, foi ainda mais na guerra de movimento. Ordenou que as nossas tropas não perdessem nunca, nem de dia, nem de noite, o contato com a retaguarda inimiga e exigiu do general comandante de brigada que assumisse pessoalmente um posto na nossa vanguarda. O comandante da brigada, apesar de sua idade avançada, colocou-se à frente da primeira companhia de vanguarda e foi morto num combate de patrulhas. O luto espalhou-se por toda a brigada: os soldados amavam-no.

Quando o general de divisão soube de sua morte, redobrou a temeridade.

– É preciso vingá-lo – dizia no meio das divisões –, é preciso vingá-lo o mais cedo possível!

A sede de vingança do general foi atenuada, se não extinta, pela reação das divisões da retaguarda inimiga. Suas patrulhas, armadas de metralhadoras, batiam-se com ferocidade constante e sacrificavam-se, contanto que nossa avançada fosse retardada. Caíram, desse modo, em nossas mãos, inúmeras metralhadoras, defendidas pelos atiradores até a morte. Mas outras patrulhas, mais recuadas, em posição dominante, no alto, obrigavam-nos a nos esgueirar continuamente em formação de combate e a perder tempo. O general abandonou sua calma habitual. Escalando uma árvore instalou-se lá em cima, como o comandante de um navio em cima de uma cabine de comando, e gritava:

– Avante! Valorosos soldados, avante! Vinguemos o comandante de brigada!

– Se devêssemos realmente vingar o nosso comandante de brigada, hoje teríamos dois generais mortos – dizia-me o capitão Canevacci – e a nossa vingança tornaria vago o posto de comandante da divisão.

Ele começava a não suportar mais o general.

Se em nossos soldados existisse alguma determinação feroz, ela seria mitigada pela hilaridade que provocavam os incitamentos do general, gritados de uma posição tão extraordinária.

– Se o general ficar em cima da árvore e fizer um ninho, a divisão está salva – comentava o capitão Canevacci de cara amarrada. – Se ele descer, a divisão está perdida.

O nosso batalhão acabou ficando atrás do batalhão de vanguarda, que tinha se estendido no solo para dificultar o alvo das metralhadoras inimigas e para estar preparado para uma possível ofensiva retroativa. O avanço fazia-se lento, pois era difícil progredir debaixo de tiros e no bosque, no qual não existiam senão sendas e veredas nem sempre praticáveis. As companhias deviam prosseguir entre a vegetação e nunca perder o contato.

Pelo fim da tarde a resistência inimiga diminuiu. Suas patrulhas continuavam a disparar, mas ao recuar, não esperavam por um ataque a baionetas. Nós retomamos a perseguição mais celeremente e tivemos apenas alguns feridos. O general tinha descido da árvore e marchava entre o Segundo Batalhão e o nosso a pé, seguido por sua mula, que alguém conduzia segurando as rédeas. À nossa frente, uma voz gritou:

– Alto! Mochilas no chão!

– Quem gritou? – perguntou o general, grave.

Era um soldado de contato da Sétima Companhia, do Segundo Batalhão, o qual, chegado à encruzilhada entre duas veredas, avisava as divisões que deveriam parar. Os batedores na vanguarda pediam tempo para reconhecer a direção das veredas e comunicar qual das duas era a correta de se seguir. Um deles tinha sido morto naquele momento e era necessário que os outros não se aventurassem sem que o terreno fosse devidamente reconhecido. Ele não fazia mais do que lhe tinha sido ordenado. O capitão Zavattari, comandante da Sexta, reportou tudo isso ao general.

– Faça fuzilar aquele soldado – ordenou-lhe o general.

Fuzilar um soldado! O capitão Zavattari era um oficial da reserva. Na vida civil era chefe de seção no Ministério da Instrução Pública. Era o mais idoso dos capitães do regimento. A ordem de mandar fuzilar um soldado era um absurdo inconcebível. Com palavras medidas encontrou a maneira de dizer isso ao general.

– Ordene que o fuzilem imediatamente – replicou o general sem um momento de hesitação.

O capitão afastou-se e voltou pouco depois. Ele tinha se afastado em meio à vegetação e tinha pessoalmente interrogado o soldado de contato.

– O senhor fez que o fuzilassem?
– Não, senhor. O soldado não fez mais do que lhe foi ordenado. Ele nunca pensou, ao dizer "Alto! Mochilas no chão!", em emitir um grito de cansaço ou indisciplina. Ele só queria transmitir uma ordem aos seus companheiros. Os batedores na vanguarda tiveram pouco antes um companheiro morto e o alto era necessário para dar-lhes tempo de reconhecer o terreno.
– Mande que o fuzilem do mesmo modo – respondeu friamente o general. – É necessário um exemplo.
– Mas como posso fuzilar o soldado sem qualquer processo, sem que tenha cometido qualquer falta?
O general não compartilhava dessa mentalidade jurídica. Aquela argumentação legal irritou-o.
– O senhor deve passá-lo pelas armas – e não me obrigue a fazer meus policiais intervirem também contra o senhor.
O general estava acompanhado por dois policiais a serviço do comando da divisão.
O capitão compreendeu que, naquelas condições, não lhe restava senão encontrar algum expediente para salvar o soldado, cuja vida estava tão ameaçada.
– Sim, senhor – respondeu o capitão com firmeza.
– Execute a ordem e me relate prontamente.
O capitão reassumiu a liderança da sua companhia que, parada, esperava ordens. Ordenou que fizessem uma descarga de fuzis contra um tronco de árvore e, aos auxiliares de enfermagem, que estendessem sobre uma maca o corpo do batedor morto. Terminada a operação, seguido pela maca, apresentou-se ao general. Os outros soldados ignoravam o macabro estratagema e olhavam-se estarrecidos.
– O soldado foi fuzilado – disse o capitão.
O general viu a maca, endireitou o corpo em posição de sentido, e bateu continência orgulhosamente. Estava comovido.
– Saudemos os mártires da pátria! Na guerra a disciplina é dolorosa, mas necessária. Honremos os nossos mortos!

A maca passou entre os soldados aterrorizados.

Ao anoitecer cessamos a perseguição. O batalhão de vanguarda imobilizou-se e tomou as medidas de segurança para a noite. Meu batalhão permaneceu atrás, aquém do Vale de Nos, na beira do bosque, de frente para Croce di Sant'Antonio. Um granizo espesso tinha deixado a noite frigidíssima. Estávamos todos ensopados. Tínhamos, cada um, um cobertor e uma tela de tenda, mas ainda usávamos roupas de verão, leves, exatamente como quando tínhamos deixado o Carso. O frio na região era insuportável. Pela meia-noite nos foi permitido acender fogueiras. A distância e o bosque nos protegiam das vistas do inimigo.

Estávamos em torno das grandes fogueiras e os galhos queimavam com um áspero odor de resina. Em voz baixa os soldados comentavam os acontecimentos do dia. Um grito portentoso ecoou no bosque:

– Alerta! Alerta! Pior para quem dormir! O inimigo está perto! Alerta!

Era o general Leone. No silêncio da noite a voz tombava cavernosa. Eu tinha me levantado e deixado o comandante do batalhão sentado sobre uma pedra em torno do fogo. Fiquei parado em pé, no meio de grupos esparsos da 12ª Companhia. Os soldados deitados perto do fogo não perceberam minha presença. Aproximei-me de um grupo, para que o calor do fogo chegasse até mim, e olhava para a direção da qual provinha a voz do general.

– Alerta! Vosso general está passando, vosso general não dorme. Alerta!

A voz lentamente se fazia sempre mais perto. O general caminhava no meio do nosso batalhão.

– O louco não dorme – murmurou um soldado da 12ª.

– Melhor um general morto que um general acordado – comentou outro.

– Alerta! Passa o vosso general!

– Agora está passando realmente sobre nós – disse outro soldado.

– E ninguém vai dar um tiro nesse açougueiro? – murmurou o mesmo soldado que tinha falado primeiro.

– Eu vou dar, com certeza. Com certeza vou dar – disse um soldado mais velho que não tinha ainda falado e que parecia somente ocupado em aquecer-se perto do fogo.

Os soldados da esquadra estavam tão juntos, um encostado no outro em torno do fogo, que o reflexo iluminava a todos e eu não conseguia reconhecer claramente os rostos. O sargento estava de joelhos, os braços recolhidos e as mãos abertas, na altura da cabeça para proteger o rosto do calor do fogo. Ele não se moveu nem disse uma sílaba.

– Se ele aparecer eu dou um tiro – continuou o mesmo soldado.

Vi o soldado veterano pegar o fuzil, manobrar o obturador e controlar o carregador.

– Alerta! Alerta! – berrava o general.

Apareceu, entre duas fogueiras, a uns cinquenta metros de nós. Sob o capacete vestia uma echarpe enrolada no pescoço e que lhe caía pelas costas. Um amplo capote cinza descia-lhe quase até os pés e o cobria inteiramente. Caminhava penosamente, as mãos na boca, como um megafone. Apenas iluminado pela luz, parecia um fantasma.

– Alerta!...

O soldado veterano ergueu o fuzil para fazer a mira.

– Ei – disse eu –, o general não tem vontade de dormir.

O soldado abaixou o fuzil.

O sargento levantou-se vivamente e me ofereceu o seu lugar perto do fogo.

IX

No dia seguinte continuamos a perseguição. O batalhão de vanguarda, tendo ultrapassado Croce di Sant'Antonio, prosseguia pelo bosque em direção de Casara Zebio e Monte Zebio. À medida que o batalhão avançava, parecia cada vez mais provável que o inimigo tivesse se concentrado nas alturas. A resistência tinha voltado a ser forte. Estava claro que as últimas divisões austríacas, em contato com as nossas patrulhas, apoiavam-se em tropas vizinhas. Dado o vagar da progressão, o meu batalhão, ultrapassado o Vale de Nos, permaneceu inativo o dia inteiro, à espera de ser chamado à ação.

O Segundo Batalhão de vanguarda recebeu ordem de parar e entrincheirar-se. Durante a noite o nosso batalhão substituiu-o. Quando chegamos, uma linha de trincheira já tinha sido cavada, apressadamente, nos limites do bosque. Diante de nós havia ainda ciprestes, mas escassos, como são sempre quando estão em grande altitude. O terreno continuava coberto de moitas irregulares. Mais ao longe, no alto, a uma centena de metros despontavam, entre o cimo dos últimos ciprestes, montanhas rochosas. Provavelmente a grande resistência aconteceria ao pé desses montes.

Ao alvorecer o capitão Canevacci e eu nos encontramos com a Nona Companhia que estava no *front*. Esperamos que chegasse a seção de metralhadoras, que tinha ficado para trás. O comandante da Nona, com um grupo de atiradores de elite, vigiava o terreno diante dele. Nós estávamos perto dele, abaixados, atrás de um obstáculo natural. O capitão Canevacci observava com o binóculo.

Entre os arbustos, a menos de uma centena de metros, surgiu uma patrulha inimiga. Eram sete homens e caminhavam em fila indiana. Certos de se acharem longe de nós e não serem vistos, caminhavam paralelamente à nossa trincheira, eretos, fuzil nas mãos, mochila nas costas. Estavam descobertos do joelho para cima. O capitão da Nona fez um gesto aos atiradores, deu ordem de fogo, e a patrulha caiu por terra, abatida.

– Bravo! – exclamou o capitão Canevacci.

Uma esquadra nossa surgiu, esgueirando-se cuidadosamente. Nos flancos toda a linha de frente carregava os fuzis apontados. A esquadra desapareceu movimentando-se entre os arbustos.

Esperávamos que a esquadra retornasse trazendo consigo os nossos que tinham caído, mas o tempo passava. Os nossos homens deviam avançar com muita cautela para evitar uma emboscada. O capitão Canevacci estava impaciente. A seção de metralhadoras não tinha ainda chegado. E se tivesse se perdido no bosque no meio de outras divisões? Para não perder mais tempo fui ao encontro dela.

Encontrei-a meio quilômetro atrás, em contato com as divisões do Segundo Batalhão. Eu a vi no momento exato em que se passava uma movimentada cena. Entre o Segundo Batalhão e a seção de metralhadoras, o general comandante da divisão, sozinho, montado em sua mula, subia penosamente por um caminho entre as rochas. Por um brusco e inesperado movimento da mula, caiu no chão, enquanto percorria as bordas de um precipício de uns vinte metros de altura. A mula indiferente continuava a caminhar sobre a borda. O general ainda se sustentava agarrado às rédeas, metade do corpo penso sobre o abismo. A cada passo, a mula dava solavancos com a cabeça para se libertar. De um momento para outro o general podia precipitar-se no vazio. Muitos soldados próximos observavam, ninguém se movia. Eu via a todos distintamente; havia quem erguia as sobrancelhas, sorrindo.

Dentro de instantes a mula iria livrar-se do general. Das fileiras da nossa seção de metralhadoras um soldado lançou-se correndo em direção ao general e chegou a tempo de segurá-lo. Sem se descompor, como se estivesse particularmente acostumado a incidentes do gênero, o general retomou sua mula, continuou o caminho e desapareceu. O soldado, em pé, olhava em torno de si, satisfeito. Tinha salvado o general.

Quando seus companheiros da seção de metralhadoras o alcançaram, assisti a uma agressão selvagem. Atiraram-se sobre ele furiosamente numa verdadeira tempestade de socos. O soldado foi derrubado no chão. Os companheiros foram para cima dele.

– Miserável! Canalha!
– Me soltem! Socorro!
Socos e pontapés desabavam sobre o desgraçado, que não conseguia se defender.
– Toma! Toma! Quem te pagou pra bancar o imbecil?
– Socorro!
– Salvar o general! Confessa que você foi comprado pelos austríacos!
– Me soltem! Não fiz de propósito! Eu juro que não fiz de propósito.
O comandante da seção de metralhadoras não aparecia. A cena já tinha durado demais. Como ninguém intervinha, nem oficias, nem graduados, desci correndo.
– O que está acontecendo? – gritei com voz alta.
A minha presença surpreendeu a todos. Os agressores dispersaram-se. Somente alguns ficaram em posição de sentido e permaneceram no local. Aproximei-me do agredido, dei-lhe a mão e o ajudei a se levantar. Quando ele se pôs em pé, mesmo os poucos que tinham ficado em posição de sentido tinham desaparecido. Fiquei só com o soldado. Ele tinha um olho inchado, lívido e uma das faces coberta de sangue. Tinha perdido o capacete.
– O que foi que aconteceu? – perguntei. – Por que você foi agredido dessa maneira?
– Não foi nada, senhor tenente – balbuciou em voz baixa.
Seu olhar assustado vagava à direita e à esquerda procurando o capacete, mas também por medo de ser ouvido pelos companheiros.
– Como, não foi nada? E esse olho pisado? E esse sangue na cara? Você está meio morto e não é nada?
Em posição de sentido, atônito, o soldado não respondia. Insisti, mas ele não disse mais uma só palavra.
Livrou-nos dessa situação embaraçosa a chegada do comandante da seção de metralhadoras, o tenente Ottolenghi, aquele mesmo que, no Monte Fior, com uma só arma utilizável tinha salvado o dia. Nós tínhamos a mesma graduação,

mas eu era mais velho do que ele. Sem nem ao menos me dirigir a palavra, chegou perto do soldado e gritou:

– Imbecil! Hoje você desonrou a seção.

– Mas que coisa eu devia fazer, senhor tenente?

– Que coisa você devia fazer? Você devia fazer aquilo que fizeram os outros. Nada. Nada você devia fazer. E ainda era demais. Um asno dessa espécie eu não quero na minha divisão. Vou fazer você ser expulso da seção.

O soldado tinha encontrado o capacete e o colocava de novo na cabeça.

– Que coisa você devia fazer? – prosseguia o tenente com desprezo. – Você queria fazer alguma coisa? Muito bem, você devia, com um golpe de baioneta, cortar as rédeas e fazer o general se precipitar.

– Como? – murmurou o soldado. – Eu devia deixar o general morrer?

– Sim, imbecil, devia deixá-lo morrer. E se ele não morria, já que você queria fazer alguma coisa a qualquer custo, devia ajudá-lo a morrer. Volta para a seção e se teus companheiros te matam, você merece.

– De qualquer modo – eu disse quando o soldado desapareceu –, seria melhor você ser mais sério. Em poucas horas toda a brigada saberá o que aconteceu.

– Que eles saibam ou não me é indiferente. Aliás, é melhor que saibam. Assim quem sabe alguém tenha a ideia de dar um tiro naquele vampiro.

Ele falava ainda indignado. Enfiou a mão no bolso, retirou uma moeda, jogou-a para cima e indagou-me:

– Cara ou coroa?

Eu não respondi.

– Cara – ele mesmo gritou.

Deu coroa.

– Teve sorte – continuou –, deu coroa. Se fosse cara... se fosse cara...

– O quê? – perguntei.

– Se fosse cara... Bem, será para uma outra vez.

Enquanto a seção de metralhadoras reencontrava o batalhão na linha, a esquadra da Nona regressava à trincheira arrastando os cadáveres da patrulha abatida. Seis estavam mortos, um ainda vivia. O cabo estava entre os mortos. Do exame de documentos compreendemos que se tratava de bósnios. Os dois capitães estavam contentes. Sobretudo o comandante do batalhão, que esperava que se pudessem obter informações úteis do interrogatório do ferido. Ele ordenou que o transportassem rapidamente ao posto médico e informou diretamente ao comando da divisão, onde havia um intérprete de serviço.

Os seis mortos estavam estendidos por terra, um ao lado do outro. Nós os contemplávamos, pensativos. Cedo ou tarde chegaria também nossa vez. Mas o capitão Canevacci estava muito contente. Tinha parado ao lado do cadáver do cabo e lhe dizia:

– É, meu caro, se você tivesse aprendido a comandar uma patrulha não estaria aqui. No serviço de patrulha, o comandante deve, primeiro de tudo, ver...

Foi interrompido pelo capitão da Nona. Com um dedo sobre a boca e um fio de voz, aconselhava-o a calar-se. De frente para nós, da mesma direção na qual tinha caído a patrulha, mas mais perto, nos chegava um rumor, como um murmúrio confuso de vozes em disputa. O capitão olhava em frente. Os atiradores de elite apontavam os fuzis. Também o comandante do batalhão e eu, nos deslocamos silenciosamente para a linha de frente e olhamos.

O rumor provinha do tronco de um grosso cipreste, que os raios do sol, entre o cimo dos outros ciprestes, iluminava em intervalos espaçados. Com saltos, dois esquilos apareceram sobre o tronco a alguns metros do chão. Velozes, corriam, escondiam-se, corriam de novo e se escondiam de novo. Pequenos ruídos estridentes, como risadas mal contidas, saudavam seus encontros cada vez que, das partes opostas do tronco, se lançavam em saltos, um em direção ao outro. E cada vez que se imobilizavam, em um disco de sol refletido sobre o tronco, erguiam-se sobre as patas posteriores, e, com as outras patas à guisa de mãos, pareciam nos fazer cumprimentos, carícias e festas. O sol clareava a brancura do ventre e partes das caudas, eretas no alto, como duas escovas. Um dos atiradores de elite olhou para o capitão da Nona e murmurou:

– Atiramos?

– Você está maluco? – respondeu o capitão surpreso. – São tão bonitinhos.

O capitão Canevacci reaproximou-se dos mortos alinhados.

– O comandante de patrulha deve ver, e não ser visto – disse, retomando o sermão ao cabo bósnio.

X

A linha de resistência inimiga ia se definindo cada vez mais. As patrulhas que nós mandamos à frente durante o dia não encontraram patrulhas inimigas. Os tiros de fuzil partiam de uma linha contínua e deixavam supor uma trincheira já preparada. Tínhamos vislumbrado em muitos pontos barreiras de arame farpado. Nós não avançamos mais. A brigada ocupava as posições mais avançadas do corpo da armada.

O dia transcorreu calmo. O general Leone preparava um ataque noturno. Ao anoitecer, recebemos a comunicação de estarmos preparados. Fizemos regressar as patrulhas e nos preparamos para o assalto. Barris e odres de conhaque chegaram a tempo, sobre mulas, e as rações foram distribuídas aos soldados.

Esse assalto noturno preocupava a todos. O ataque deveria se desenrolar sobre todo o *front*. Onde iríamos parar? Quem encontraríamos pela frente? Patrulhas, como afirmava o general, ou trincheiras solidamente defendidas, como faziam supor as barreiras avistadas? Os soldados bebiam e esperavam nervosos. O capitão Canevacci já tinha bebido a sua ração de conhaque e tinha começado a minha.

Eram já dez horas e o céu, escassamente estrelado, não iluminava o bosque. A ordem de atacar não tinha ainda chegado. Evidentemente, o general queria que aquilo fosse uma surpresa não só para os austríacos, como também para nós. O batalhão tinha sido reunido em coluna pelo comandante. Ele tinha definido que só uma companhia atacasse. As outras deveriam mover-se só se a primeira companhia pudesse passar. Estávamos todos imóveis, mudos. O ruído de algum cantil chocando-se contra uma rocha ou o de um fuzil contra outro fuzil eram os únicos que rompiam o silêncio da noite.

A imaginação delirante do general exigiu que as trombetas soassem para o assalto, criando pavor no inimigo, ânimo nos nossos. Quando as notas soaram todas as divisões de primeira linha lançaram-se ao ataque. Mas no mesmo instante os austríacos, assim advertidos, responderam com um pronto fogo de metralhadoras e fuzis. Por um instante fez-se um ruído ensurdecedor. As trombetas continuavam a soar; as linhas inimigas a disparar. À nossa frente, os sinalizadores erguiam-se às centenas, sem interrupção, um depois do outro, iluminando nossas arremetidas. As nossas companhias, recebidas por rajadas de balas, foram ceifadas, rechaçadas sem conseguir chegar nem mesmo nas linhas de frente inimigas.

A desordem era grande e o transporte de feridos aumentava a confusão. A surpresa e o ataque tinham falhado, mas as trombetas sob regência do general, que se conservava ao lado delas, continuavam a soar. Dava a impressão que o general queria conquistar as posições por meio de sons de trombeta. Só algum tempo depois, quando a calma tinha se introduzido no meio de tanto barulho, nós ficamos sabendo que o general estava satisfeito. Ele queria apenas que o inimigo desse sinais de suas posições e revelasse suas forças. Para um resultado desse teriam bastado ações combinadas de algumas patrulhas, mas o comandante de divisão dispensava a simplicidade medíocre dos meios normais.

Nossa perseguição, portanto, tinha terminado. O inimigo tinha se fixado definitivamente e se entrincheirado. Não havia qualquer dúvida a respeito. Ao recuarem do Monte Fior, os austríacos tinham encurtado suas linhas cerca de vinte quilômetros, evitando assim o perigo de serem cercados. Da ofensiva tinham passado à defensiva. Agora não se tratava mais de combates entre patrulhas e tropas avançadas. Uma nova fase começava. Uma fase de batalhas de massa sustentadas por artilharia. Isso iria requerer um tempo. E talvez pudéssemos ter um pouco de descanso.

Assim pensávamos nós. Mas não o comandante da divisão. O ataque noturno tinha lhe oferecido a inspiração para um ataque no dia seguinte.

No dia seguinte, os batalhões da brigada deslocaram-se para a esquerda, ao pé de Casare Zebio. A brigada deveria atacar com quatro batalhões, deixando de reserva somente dois. O meu batalhão deveria atacar pela fileira da extrema direita. Para a ação nós não dispúnhamos de nada além dos nossos fuzis. A escassa provisão individual de granadas tinha sido consumida no Monte Fior. Não tínhamos nem uma peça de artilharia para nos apoiar. A ação apresentava-se bem difícil. Mas os nossos destacamentos encontravam-se ainda sólidos. As mulas trouxeram-nos cartuchos e conhaque.

O assalto foi iniciado pelo meu batalhão, às cinco da tarde. De acordo com a ordem recebida, saímos com todos os destacamentos em uma única arremetida. Tínhamos apenas nos lançado à frente quando fomos avistados. O inimigo teve-nos, desde o primeiro momento, sob sua mira.

Tenho uma lembrança confusa daquelas horas. Do nosso ponto de partida até as linhas inimigas não havia mais do que uma centena de metros. Os arbustos eram baixos e as árvores, esparsas, enquanto as pedras e as rochas eram numerosas. A ordem era não parar. Nós percorremos o breve espaço, correndo, num só ímpeto. O capitão Canevacci estava à frente e foi um dos primeiros a cair. Uma bala o golpeou no peito. Caiu também, à frente da Nona, seu comandante, o único capitão que tinha restado ao batalhão. Uma metralhadora havia lhe ceifado as pernas. O assalto prosseguia furioso. Os tiros inimigos não poderiam atingir a todos nós, porque corríamos, e as rochas, embora baixas, nos protegiam da maior parte dos disparos.

Num instante o terreno atrás de nós ficou juncado de mortos e feridos, mas o batalhão chegou de qualquer maneira até as posições inimigas. Eu tinha abandonado o capitão Canevacci e encontrava-me no meio da Nona, ao lado do tenente Santini, que havia assumido o comando da companhia. À nossa frente, uma linha contínua de barreiras e de armações com arame farpado e telas metálicas barravam nosso acesso às trincheiras. Um metro ou dois além, as trincheiras muradas, improvisadas, mas altas, protegiam os destacamentos austríacos. Apoiados nas barreiras, em pé, nós abrimos fogo. As metralhadoras, que durante o assalto atingiam-nos nos flancos pela direita, não podiam mais atirar sobre nós. Podiam atingir todo o terreno a uma certa distância, mas quanto mais tivéssemos avançados, menos conseguiam nos atingir. Continuavam a disparar, mas no vazio. Em frente, a poucos metros, só uma metralhadora atirava sobre as nossas seções. Santini concentrou sobre ela todas as forças que tinha ao seu redor e a reduziu a silêncio. Pela esquerda, a uns cem metros, uma outra metralhadora nos atingia sem parar, em cheio. Se ela tivesse continuado a disparar teríamos sido destruídos. Contra seus tiros não podíamos nos defender e até sua posição nos era desconhecida. Atiramo-nos ao chão cada um procurando um abrigo e continuando a disparar sobre as trincheiras, apontando para as seteiras, tentando dominar o fogo dos atiradores próximos. O furor do combate, inclusive nos nossos flancos, impedia-nos de descobrir se os nossos destacamentos laterais estavam tendo mais sucesso do que nós.

Quanto durou nossa posição eu não lembro. Em combate perde-se sempre a noção de tempo. As barreiras impediam-nos de avançar, as metralhadoras, de recuar. Deveríamos permanecer imóveis, pregados no chão, sem jamais arrefecer os tiros sobre as seteiras inimigas, para impedir que fôssemos mortos nas barreiras. Poderíamos resistir longo tempo naquela posição, até o anoitecer, e recuar protegidos pela escuridão, mas a metralhadora da esquerda continuava implacável em seus disparos ininterruptos e os soldados desprotegidos morriam ao longo da linha.

Se tivéssemos a possibilidade de enviar para trás alguém que informasse a nossa situação ao batalhão que agia à esquerda, seria possível combater a metralhadora. Não consegui ver um único oficial: o tenente Santini estava demasiadamente empenhado contra as trincheiras inimigas. Ora me arrastando entre as rochas e os arbustos, ora correndo aos saltos, afastei-me mais à esquerda. Isso me tomou muito tempo, ainda mais porque o batalhão lateral estava muito mais à esquerda do que eu tinha imaginado. O crepitar das metralhadoras e da fuzilaria continuava. O Primeiro Batalhão estava ainda empenhado em combate, mas se achava um pouco mais recuado e mais protegido do que o nosso. Atrás dos ciprestes, entre as rochas, havia um vai e vem contínuo de mensageiros e feridos. Procurei rapidamente o comando do batalhão. Um soldado indicou-me e dirigi-me correndo para lá.

O comando do batalhão estava instalado atrás de uma rocha de vários metros de altura. O terreno circundante estava atravancado de feridos. Ouviam-se ordens, gritos, berros de todos os lados. Por toda parte havia confusão e terror. O major comandante do batalhão estava em pé, apoiado num grande tronco de árvore. Eu o conhecia bem porque várias vezes tinha jantado à sua mesa. O rosto vermelho, agitava as mãos em direção de alguém que eu não via. Parecia excitadíssimo.

– Anda, depressa! – gritava.

Mas ninguém aparecia. Enquanto eu me aproximava sempre mais, o major continuava:

– Anda, depressa! Anda depressa ou eu te mato! Me dá o conhaque! O conhaque!

Ele não gritava. Ele berrava, a voz altíssima e em tom de comando, como ao dirigir-se não a uma pessoa isolada, mas a todo um destacamento, a um batalhão em ordem fechada. Ele dizia "conhaque" com a mesma voz com que, a cavalo, teria ordenado "batalhão, em colunas!" ou "colunas duplas!"

Finalmente, enquanto me aproximava, chegou um soldado esbaforido, com uma garrafa de conhaque na mão, segurando-a erguida, com o braço esticado, como se fosse uma bandeira. Eu parei a uns dois passos do major, coloquei-me em posição de sentido e bati continência. Ele empunhava a pistola com a mão direita enquanto segurava uma folha de papel na mão esquerda. Jogou no chão o papel e foi ao encontro do soldado, sempre gritando:

– Me dá aqui! Me dá aqui!

Brandiu a garrafa e colou-a à boca com um gesto rapidíssimo. A cabeça atirada para trás, imóvel, parecia fulminado. Parecia um morto em pé. Só a garganta dava sinais de vida ao engolir o líquido em contrações que produziam um ruído parecido com um gemido.

Esperei que acabasse de beber. Ele descolou a garrafa da boca, lenta e penosamente. Devolveu a garrafa semivazia ao soldado e ficou imóvel. Fui ao encontro dele de novo. Rapidamente, quase com desespero, sem que ele me respondesse, disse-lhe a razão da minha visita. Ele olhava para mim, mas o pensamento estava ausente e não me escutava. Eu falava inutilmente. Ele continuava com a pistola em punho, e, como atestado de sua atenção, apontava-a em minha direção. Com a mão afastei a pistola com medo que disparasse. Ele deixou que eu a afastasse, mas logo depois voltou a arma de novo em minha direção. Afastei-a uma segunda vez, e ele, também pela segunda vez, voltou a apontá-la. Eu agarrei seu pulso e lhe tomei a pistola. Ele não reagiu nem disse uma só palavra. Tirei as balas, retirei o carregador e lhe devolvi a arma. Ele a tomou com a mesma indiferença com que a tinha cedido a mim. Então sorriu, mas tive a sensação de que o sorriso era de outra pessoa. Interpretei o sorriso como se ele quisesse me dar a impressão de que tinha brincado. Uma vez que ele não falava e eu perdia tempo, afastei-me, esperando encontrar o submajor.

O submajor estava morto, os outros oficiais estavam ocupados com o batalhão, e os soldados do comando não conseguiam chegar até eles, nem obter qualquer notícia. Tudo ao redor e o sibilar cortante das metralhadoras, ininterrupto, lembravam um furacão. Os cimos das árvores, ceifados pelas rajadas, precipitavam-se para o chão com estrépito sinistro.

Depois de correr em vão, subi de novo para voltar ao batalhão e passei novamente ao lado do comando do Primeiro Batalhão. O major estava imóvel, no mesmo ponto em que eu o tinha deixado, a pistola em punho, e sorria ainda.

XI

O batalhão, em grupos, voltou à noite às posições de partida. Tínhamos perdido todos os oficiais. Somente Santini e eu voltamos incólumes. O tenente Ottolenghi também estava vivo; tinha recebido ordens de se conservar na retaguarda com as metralhadoras e não participou do ataque. As companhias tinham sido dizimadas. Empregamos toda a noite para retirar os feridos e os mortos, e, quando terminou a chamada dos presentes, Santini e eu trocamos algumas palavras, fazendo um esforço para não cairmos os dois, um nos braços do outro.

A guerra de posições recomeçava. Os sonhos de manobra e vitória fulminante evaporavam-se. Era preciso recomeçar tudo do início, como antes, sobre o Carso. Seguiram-se alguns dias de calma. Os destacamentos deviam se reconstruir. Todos os dias chegavam reservas de oficiais e soldados. Pouco a pouco os mortos eram esquecidos e veteranos e recém-chegados confraternizavam-se.

Em frente às trincheiras inimigas, em distâncias variadas – entre cinquenta e trezentos metros, segundo as variações do terreno e a cobertura do bosque –, também nós construímos nossas trincheiras. Eram nossas casas, que os austríacos, agora na defensiva, certamente não pensavam em atacar. Mas deveríamos ser prudentes o tempo todo. Tínhamos diante de nós destacamentos de atiradores de elite que não erravam um só tiro. Atiravam raramente, mas sempre na cabeça, e com balas explosivas.

Também aqueles dias de calma passaram. Apressadamente o batalhão tinha se recomposto. Outra ação anunciava-se para breve. Todos os dias chegavam munição e tubos de gelatina. Eram grandes tubos de gelatina do Carso, com dois metros de comprimento, construídos para abrir fendas nas barreiras. E chegavam alicates para cortar arame. Os alicates e os tubos nunca tinham servido para nada, mas, assim mesmo, chegavam. E chegou conhaque, muito conhaque: estávamos, por conseguinte, nas vésperas da ação.

Os comandos tinham estabelecido que o próximo ataque fosse precedido de um largo emprego de tubos de gelatina, que deveriam ser explodidos na noite anterior sob as barreiras inimigas. No ponto estabelecido para o ataque, a ação do meu batalhão devia preceder, com a do Primeiro Batalhão do 400º, o regimento companheiro da brigada. Aquele batalhão também havia sofrido grandes perdas, mas estava reconstruído. O seu major tinha se recuperado. Ele mandou até mim o tenente Mastini, para que nos puséssemos de acordo sobre a hora e sobre outras medidas acerca da colocação dos tubos de gelatina na frente de ataque.

Tínhamos estado, eu e Mastini, na mesma Universidade. Mais jovem do que eu, eu estava dois anos à sua frente. Amigos e veteranos do Carso, víamo-nos muito, mesmo sobre o Altiplano de Asiago.

Tínhamos terminado um giro de observação ao longo do *front* e acabamos por nos sentar atrás da trincheira do meu batalhão. Eu tinha me estirado no chão, ele se sentava sobre uma pedra na sombra. A conversa tombou sobre o seu comandante de batalhão. Também Mastini era da opinião de que o major bebia demais. Eu lhe contei a cena a que tinha assistido.

– O nosso major – disse Mastini – não é um mau oficial. Muitas vezes é corajoso e, algumas vezes, até inteligente. Mas se lhe falta o conhaque, é incapaz dar um passo durante uma ação.

– Você se lembra de Pareto? – perguntei. – Como bebia! E que inteligência! Os professores ficavam todos admirados. Não era talvez o estudante mais engenhoso da Universidade? Mas se não bebia, nada de exames. Um pouco como o seu major. Sem conhaque, nada de combate.

A conversação transcorria despreocupada sobre lembranças de nossa vida universitária, que nos parecia tão longínqua: um sonho. Ele recordou uma festa de estudantes que ficou célebre, porque o vinho branco era velho e traiçoeiro, e o Magnífico Reitor tinha se posto a cantar com voz de baixo, e um estudante tinha abraçado a mulher do Prefeito.

– Mas agora você também bebe muito? – perguntei. – Dizem que no seu batalhão todos bebem feito esponjas.

Durante a resposta, com um movimento rápido, como se a minha pergunta lhe houvesse recordado subitamente um objeto até aquela hora esquecido, liberou o cantil e bebeu alguns goles. Era certamente conhaque do bom, porque eu senti um cheiro insuportável de pólvora de caça.

– Eu – disse ele, fechando o cantil – adoro a Odisseia de Homero, porque em cada canto, é um odre de vinho que chega.

– Vinho – disse eu –, e não conhaque.

– Exato – observou –, é curioso. É realmente curioso. Nem na Ilíada, nem na Odisseia há qualquer traço de licores.

– Você consegue imaginar – eu disse – Diomedes engolindo um belo cantil de conhaque antes de sair numa patrulha?

Nós tínhamos um pé em Troia e um pé no Altiplano de Asiago. Ainda vejo meu bom amigo, com um sorriso de bondade cética, tirar de um bolso interno da túnica uma grande cigarreira de aço oxidado, e me oferecer um cigarro. Aceitei e acendi o seu cigarro e o meu. Ele continuava sorrindo pensando na resposta.

– No entanto...
E repetiu depois de uma baforada:
– No entanto... se Heitor tivesse bebido um pouco de conhaque, de bom conhaque, talvez Aquiles tivesse tido alguns problemas...

Eu também revi, por um momento, Heitor, parando depois daquela fuga apressada e não totalmente justificada, sob o olhar de seus concidadãos, espectadores sobre as muralhas, libertar do cinturão de couro lavrado a ouro, presente de Andrômaca, um elegante cantil de conhaque e beber, na cara de Aquiles.

Eu me esqueci de muitas coisas da guerra, mas não esquecerei jamais aquele momento. Olhava meu amigo que sorria entre uma baforada e outra. Da trincheira inimiga partiu um tiro solitário. Ele pendeu a cabeça, o cigarro entre os lábios e, de uma marca vermelha surgida sobre a fronte, escorreu um fio de sangue. Lentamente ele continuou pendendo sobre si mesmo e caiu aos meus pés. Amparei-o morto.

De noite colocamos os tubos de gelatina. Havia dez no comando do batalhão amontoados como troncos de árvores. Devíamos fazer explodirem todos. Os jovens oficiais não sabiam como se empregavam as gelatinas e o tenente Santini e eu dirigimos as operações. Colocar e explodir sob as barreiras inimigas tubos de gelatina, de noite, em terreno coberto, era uma operação extremamente fácil para quem estivesse habituado aos serviços de patrulha. Mesmo que disparassem das linhas inimigas, o perigo era mínimo. Mas era preciso ter os nervos no lugar.

No batalhão escolhemos os soldados entre os voluntários que se ofereceram. O comando do regimento, dava um prêmio de dez liras a cada soldado. Para um tubo eram necessários dois homens. Tio Francisco estava entre os voluntários. Nove vieram comigo e nove com Santini. Escolhi Tio Francisco para vir comigo.

Tinha comigo todos os soldados veteranos do Carso e não precisava dar muitas explicações. Na hora fixada, bebido o conhaque, saímos das trincheiras, o meu grupo à esquerda em direção do 400°, o de Santini à direita. Saímos pela mesma brecha e nos espalhamos em leque, em pares de dois, com uma distância de metros entre um par e outro. As trincheiras inimigas estavam a uns sessenta metros.

Para quem não está habituado causa certa apreensão abandonar a seção das trincheiras, sair e achar-se ao descoberto, de frente para os tiros de fuzil dos postos de observação inimigos. Um novato pode pensar: "fui visto, aquela fuzilaria é para mim". Mas não é. Os atiradores nos observatórios atiram para a frente, sem um alvo preciso, ao acaso, no escuro.

A noite era escura. Levávamos os tubos à mão: eu ia à frente, Tio Francisco atrás. Nos pontos mais seguros caminhávamos em pé; onde ficávamos mais a descoberto, abaixados. Dos postos de observação atiravam continuamente, um tiro depois de outro, sem agitação. Onde iam parar todas aquelas balas? Não sentíamos uma só que passasse perto. Um sinalizador subiu em frente, depois outro à direita, e depois mais um ainda.

"Que não seja um alarme" – pensei. Com a respiração suspensa, em pé, exatamente como estávamos quando fomos surpreendidos pela primeira granada, permanecemos imóveis, alguns segundos até que o último sinalizador caiu por terra e se apagou. Os tiros dos postos de observação continuaram lentamente, como antes. Eram sinalizadores normais. Não tínhamos sido avistados.

Caminhávamos devagar, parando a todo instante. O leve rumor dos nossos passos era encobertos pelo rumor dos tiros dos observatórios austríacos e dos nossos. Os nossos postos de observação também continuavam a disparar como antes da nossa partida, mas para o ar, para fazer barulho e não nos atingir. Deveríamos, entretanto, agir com prudência; uma patrulha inimiga poderia estar emboscada atrás de arbustos que éramos obrigados a atravessar. Outros sinalizadores eram disparados à direta e à esquerda. A nossa imobilidade sob a luz dos sinalizadores nos confundia com a vegetação e com os troncos das árvores. Não era possível que fôssemos reconhecidos.

    Chegamos às barreiras e lá ficamos deitados, rentes ao chão. No clarão de uma granada longínqua distingui a parede da trincheira pouco além das barreiras, e na parede, as seteiras como marcas negras. Para me esquivar dos tiros do posto de observação que disparava de frente, tinha feito uma volta ligeiramente à esquerda. Mas a sentinela estava ainda tão perto da gente que eu ouvia, depois de cada tiro, o cartucho de metal da bala disparada ricochetear contra a parede da trincheira e tombar por terra sobre as pedras.

    Começamos a enfiar o tubo sob a barreira, quando à nossa direita, distante uma dezena de metros, a escuridão da noite foi quebrada por uma luz fulgurante, acompanhada de uma explosão ensurdecedora. O primeiro tubo de gelatina explodia. Olhei o relógio que tinha no pulso. Os ponteiros de fósforo assinalavam três horas. Devia ser o tubo de Santini. Tínhamos combinado que o primeiro tubo, fosse o dele ou o meu, não explodiria antes das três. Ele tinha sido mais exato do que eu. Uma chuva de detritos e de pedras espalhou-se por tudo ao redor. Agarramo-nos ainda mais contra o solo.

    Uns vinte sinalizadores subiram ao longo de toda a linha, até para além da nossa linha de frente, e as metralhadoras abriram fogo. O alarme tinha sido dado.

    Uma segunda explosão seguiu-se à primeira e, logo depois, uma terceira. Os clarões se multiplicavam desordenadamente no céu, nas mais disparatadas direções. A sentinela que estava no posto perto de nós não perdeu a calma. Não gritou dando alarme e continuou a disparar tão lentamente como antes. Ele também devia ser um veterano. Mas, mais à direita, o fogo das metralhadoras e dos fuzis era furioso. As tropas deviam ter acorrido à linha de frente.

    Tio Francisco não dava sinais de vida. Mas, de qualquer modo, eu o sentia próximo, e o leve odor de seu charuto continuava a chegar até mim. Antes de partir ele tinha acendido um charuto e o mantinha com a parte acesa dentro da boca. Com o charuto devia acender a mecha do tubo. Fumado dessa maneira, o charuto ocultava a fumaça e durava mais tempo. Virei a cabeça e o vislumbrei ali perto, estendido, as costas contra o chão, rosto para o céu, charuto na boca. Ele devia estar gostando daquele espetáculo pirotécnico que os austríacos ofereciam-nos gratuitamente. Certamente não tinha visto nada tão belo na festa do santo padroeiro de sua pequena aldeia. E eu também naquele momento vi o céu inteiro trespassado pelos clarões. Todos aqueles fogos acima do bosque de ciprestes pareciam iluminar as colunas e a nave de uma imensa catedral.

O tubo tinha passado por baixo das barreiras. Aproveitei a primeira escuridão que caiu sobre nós, arrastei-me para trás e deixei o lugar livre para tio Francisco. Com o charuto ele acendeu a mecha e a recobriu com uma pedra. Juntos protegemo-nos atrás de um tronco de árvore e esperamos a explosão.

Meia hora depois chegávamos de volta às nossas linhas. Os dez tubos tinham explodido. Fizemos a chamada dos presentes: nenhum faltava. Só um soldado do grupo de Santini tinha sido ferido numa perna.

Antes de regressar às suas fileiras os soldados acabaram, juntos, com o conhaque destinado aos voluntários.

XII

No dia seguinte o ataque foi conduzido pelo Primeiro Batalhão. Os austríacos, alarmados pelas explosões da noite, esperavam. As metralhadoras ceifaram as primeiras linhas de ataque e o batalhão não chegou sequer às trincheiras. Por todo o dia no estreito vale, não se ouvia outra coisa que o lamento dos feridos.

Sem artilharia era inútil pensar na conquista de posições tão fortemente defendidas. O Segundo Batalhão tentou outro assalto, mas em vão. Começamos todos a perder o ânimo. Os soldados olhavam a chegada dos tubos com terror. Os tubos à noite significavam assalto no dia seguinte. Aqueles dias foram dias lúgubres.

Para habituar o inimigo à explosão dos tubos, toda noite, durante uma semana, foram colocados tubos sem que se seguisse qualquer ataque no dia seguinte. Os comandantes pensavam que daquele modo, destruídas as barreiras, poder-se-ia finalmente conduzir um assalto de surpresa. Mas nas operações, tão repetidas, houve mortos e feridos e poucos eram os soldados que se ofereciam como voluntários. No fim foi necessário emitir ordens para as seções, por turnos. Tio Francisco voltava sempre incólume e era sempre voluntário. Mas uma noite nem ele retornou. Mais tarde, o companheiro de tubo trouxe de volta o cadáver. No escritório do comando da Décima Companhia acharam os depósitos de seus ganhos. Todas as vezes ele expedia as dez liras de prêmio à sua família. Pobre tio Francisco! Os seus companheiros veteranos obtiveram a permissão para acompanhar o caixão até o cemitério de Gallio e fui com eles. Como éramos poucos! Assim ia-se embora a brigada do Carso, sobre o Altiplano de Asiago.

Tinha assumido o comando do batalhão o oficial mais velho, o capitão Bravino, recém-chegado. Jovem oficial de carreira ele se desdobrou para reordenar o batalhão. Depois de dois dias ele também começou a beber conhaque, primeiro escondido, depois abertamente. E terminou recorrendo à minha ração, como um tesouro.

Tantos tubos explodidos exigiam, no fim das contas, um ataque. Naqueles dias o major Carriera, comandante do Segundo Batalhão do nosso regimento, tinha sido promovido a tenente-coronel. A ele foi confiada a tarefa de dirigir o ataque no nosso setor. O meu batalhão também foi colocado ao seu dispor para a ação. Ele era homem de vontade forte. O general Leone o estimava muitíssimo. E ele igualmente estimava o general. Os dois tinham sido feitos para se entender.

A partir do momento em que lhe foi confiada a ação, não fechou mais os olhos de dia ou de noite. Queria servir de exemplo. Era incansável. Depois de ter passado uma noite insone, pela manhã fazia uma hora de ginástica sueca e exigia que seu submajor o acompanhasse. De fraca constituição física o submajor acabou com a saúde arruinada.

O tenente-coronel tinha o seguinte plano: de noite explodir os tubos, ao alvorecer mandar exploradores para alargarem as brechas nas barreiras com os alicates que cortavam arame farpado, logo depois atacar. Ele tinha, portanto, acrescentado como única variante os alicates. Quando ouvi falar de alicates fiquei com os cabelos arrepiados. Com os alicates, no Carso, tínhamos perdido os melhores soldados, sob as barreiras inimigas. O capitão Bravini – ele também comandante de batalhão, mas de grau inferior – fazia tudo o que o tenente-coronel lhe ordenava sem nenhuma objeção.

À noite os tubos explodiram. Eu tinha feito esconderem os alicates do meu batalhão. Ao raiar do dia, o tenente-coronel reclamou-os e o capitão Bravini procurava-os em vão. Foi necessário renunciar aos nossos alicates.

O tenente-coronel chamou seu ajudante de ordens e lhe perguntou:

– Temos ainda alicates no Segundo Batalhão?

Eu esperava que ele dissesse que não, porque eu o tinha prevenido. Ele também tinha estado no Carso e conhecia os resultados do emprego dos alicates. O ajudante de ordens fez um esforço para se lembrar e respondeu:

– Sim, senhor. Temos ainda sete, dos quais cinco em ótimo estado. Três grandes e dois pequenos .

Mas uma dúvida o perturbou. Tirou um bloco de notas do bolso e corrigiu-se:

– Dos quais quatro em bom estado. Dois grandes e dois pequenos.

Ele era professor de grego em Bologna e era sempre preciso, mesmo nos detalhes aparentemente insignificantes. Eu estava próximo a ele e lhe disse em voz baixa e acusatória:

– Você vai fazer carreira, com os seus alicates.
– Eu cumpro o meu dever – respondeu-me, tranquilo.

Os alicates, todos os sete, foram trazidos imediatamente. A luz do dia começava a clarear o bosque mas de modo tão tênue que apenas víamos uns aos outros.

– Capitão – ordenou o tenente-coronel ao meu comandante de batalhão –, envie um oficial e dois soldados para reconhecer as barreiras e alargar com os alicates as brechas para dar passagem.

O capitão ordenou que o tenente Avellini, da Nona Companhia, saísse com dois soldados. O tenente era um jovem oficial de carreira que tinha chegado ao batalhão naqueles dias. O tenente se apresentou, ouviu as ordens e não disse uma palavra. Pegou os alicates e distribuiu um a cada soldado, conservando um para si. Pulou a nossa trincheira com um salto e desapareceu, seguido dos dois soldados.

Passaram-se alguns minutos sem o menor ruído. A fuzilaria dos postos de observação continuava o de costume. Eu fazia algumas considerações ao capitão Bravini:

– Vai ser preciso luz para que os nossos consigam reconhecer as barreiras e cortar os fios. E se houver luz, os austríacos também vão poder enxergar e atirar sobre eles. Para executar essa tarefa com segurança, a esta hora, seria preciso que as trincheiras inimigas estivessem vazias.

O capitão estava nervoso. Não falava. Ele também tinha se dado conta de que a operação era difícil. Já tinha bebido meio cantil de conhaque.

Da trincheira inimiga partiram mais tiros. Não eram tiros dos postos de observação. Seguiram-se outros tiros, depois toda a linha de frente abriu fogo. Os nossos tinham sido descobertos. Da nossa trincheira não conseguíamos ver claramente.

– Não há dúvida – murmurei para o capitão Bravini –, os austríacos estão atirando sobre os nossos. Operações dessas só podem ser feitas à noite, no escuro. Mas de noite é impossível ver. Portanto, elas não podem ser feitas, nem de dia nem de noite. É preciso a artilharia. Sem a artilharia não se sai do lugar.

– É preciso a artilharia – repetia o capitão. E não conseguia separar-se do cantil. O tenente-coronel também estava nervoso. Caminhava de um lado para outro na trincheira, sem falar. O seu ajudante de ordens o seguia, ele também, de um lado para outro, como uma sombra.

Das seteiras, a dois passos da nossa trincheira, vimos despontar, através dos arbustos, o tenente Avellini e um soldado. Retiramos alguns sacos protetores e os ajudamos a retornar. O soldado estava ferido na perna. O tenente tinha a túnica atravessada de lado a lado em vários pontos, mas sem um arranhão. Ele fez um relato ao tenente-coronel. O outro soldado estava morto, sob o arame farpado. Os austríacos tinham, durante a noite, reparado as barreiras com mais arame farpado nos lugares danificados pelos tubos. Só era possível atravessar a linha em alguns pontos, mas passando um de cada vez. Os austríacos tinham dado o alarme. Os alicates não cortavam.

Ele ainda tinha nas mãos o seu alicate e mostrou-o ao coronel. Nas nossas trincheiras havia rolos de arame farpado. Pegou a extremidade de um fio e apertou com o alicate. A lâmina do alicate escorregava sobre o fio, sem parti-lo. O tenente-coronel observava contrariado. Pegou, ele também, o alicate, e experimentou partir um fio. Apesar de seus exercícios de ginástica sueca, ele tinha uma estrutura física pouco desenvolvida e pouco faltou para que se ferisse. Tentou várias vezes, mas inutilmente. O fio permaneceu intacto e ele abandonou o alicate.

O professor de grego pegou um dos alicates que tinham ficado pelo chão, um dos sete, e experimentou no fio. O alicate cortava.

– Mas este corta muito bem – disse triunfante ao tenente-coronel.

– Corta? – perguntou este.

– Sim, senhor coronel, corta.

E ofereceu, uma segunda vez, a todos nós, a demonstração de sua descoberta.

– Nesse caso – disse o tenente-coronel – devemos tentar de novo.

– Mas não se trata de alicates – disse eu, colocando-me ao lado do capitão e dirigindo-me a ele. – Os alicates poderiam cortar tudo e ser os melhores alicates do exército, mas a situação continua a mesma. Os austríacos nos esperam, para, no momento oportuno, atirarem à queima-roupa sobre quem se aproximar das barreiras, com alicates ou sem alicates.

– Aqui comando eu – disse o coronel – e não pedi sua opinião.

O meu capitão calou-se e eu não respondi.

O tenente-coronel pediu ao capitão Bravini o nome de um outro oficial do batalhão para mandar até as barreiras.

Sem resistência, o capitão sugeriu o nome do tenente Santini e acrescentou que ninguém conhecia o terreno como ele. Por um mensageiro, mandou chamar Santini. Àquela hora a luz do amanhecer tinha-se feito mais viva, e nós podíamos distinguir todo o andamento das trincheiras inimigas. Não era preciso muito para compreender que Santini estava sendo mandado para uma morte inútil.

Eu arrisquei ainda uma objeção:

– Agora há muito mais luz – disse – além disso, Santini saiu ainda esta noite com os tubos. Não se poderia adiar para o alvorecer de amanhã?

O meu capitão não ousou dizer uma palavra. O tenente-coronel lançou-me um olhar hostil e disse:

– Coloque-se em posição de sentido e faça silêncio!

O professor de grego continuava a passear com os alicates e mostrava a todos, oficiais e soldados mais próximos, que estavam em ótimo estado.

O tenente Santini chegou acompanhado de seu ordenança. O tenente-coronel explicou-lhe o que se queria dele, e lhe perguntou se queria oferecer-se como voluntário. Ele era audacioso e tinha muito orgulho. Eu tinha medo de que ele respondesse afirmativamente. Aproximei-me dele, pelas costas, e sussurrei puxando-lhe a manga da túnica.

– Diga não.

– É uma operação impossível – respondeu Santini. – É tarde demais.

– Não lhe perguntei – rebateu o tenente-coronel – se é cedo ou tarde. Perguntei se o senhor se oferece como voluntário.

Eu lhe dei um novo puxão na manga da túnica.

– Não, senhor – respondeu Santini.

O tenente-coronel, olhou Santini como se não acreditasse no que estava ouvindo, olhou para o capitão Bravini, olhou para mim, olhou todo o grupo de oficiais e de soldados que estavam por perto apoiados na trincheira, e exclamou:

– Isso é covardia!

– O senhor me fez uma pergunta e eu lhe respondi. Não é uma questão de covardia nem de coragem.

– O senhor não se oferece como voluntário? – perguntou o tenente-coronel.

– Não, senhor.

– Muito bem, eu lhe ordeno. Digo: lhe ordeno ir de qualquer maneira e depressa.

O tenente-coronel falava calmamente, a sua voz dava a impressão de uma prédica gentil, quase suplicante. Mas seu olhar era duro.

– Sim, senhor. Se o senhor me dá uma ordem, só posso executá-la.

– Mas uma ordem como essa não pode ser executada – disse eu ao capitão, com a esperança de que ele interviesse. Mas ele permaneceu mudo.

– Pegue os alicates – ordenou o tenente-coronel, com a voz doce e os olhos frios.

O tenente ajudante de ordens aproximou-se com os alicates. Passou por mim. E eu não pude impedir-me de gritar:

– Podia ir você, com essas seus alicates malditos.

O tenente-coronel ouviu, mas disse a Santini:

– Então vá, tenente – ordenou.

– Sim, senhor – disse Santini.

Santini pegou os alicates. Tirou do cinturão um punhal vienense de chifre de cervo, troféu de guerra, e me ofereceu:

– Fique com isso. Para se lembrar de mim – disse-me.

Estava pálido. Empunhou a pistola e pulou a trincheira. O ordenança, que ninguém de nós havia notado depois de sua chegada em companhia do tenente, pegou um alicate e saiu da trincheira.

Eu ainda tinha o punhal nas mãos. O capitão Bravini bebia do cantil. Atirei-me à seteira mais próxima e vi os dois, em pé, um do lado do outro, prosseguir passo a passo em direção às trincheiras inimigas. Já era dia.

Os austríacos não disparavam e, no entanto, os dois avançavam ao descoberto.

Naquele ponto, entre as nossas trincheiras e as trincheiras inimigas, não havia mais do que cinquenta metros. As árvores eram raras e os arbustos baixos. Se estivessem abaixados sob os arbustos, teriam podido chegar sem serem vistos ao menos até as barreiras. Santini recolocou a pistola no coldre e avançou apenas com o alicate nas mãos. O mensageiro continuava a seu lado com o fuzil e o alicate. Atravessaram o breve espaço e pararam nas barreiras. Das trincheiras ninguém disparou. O coração batia-me como um martelo. Levantei a cabeça da seteira e olhei a nossa trincheira. Todos estavam nas seteiras.

Quanto tempo permaneceram eretos, diante das barreiras? Não lembro.

Santini fez, por fim, um gesto em direção ao seu companheiro, como para fazê-lo recuar. Talvez, pensasse poder salvá-lo. Mas o gesto era o movimento cansado de um homem desanimado. O soldado permaneceu ao seu lado.

Santini ajoelhou-se ao pé do arame farpado e, com os alicates, começou o corte dos fios. O mensageiro fez a mesma coisa. Foi então que da trincheira inimiga partiu uma carga de fuzilaria. Os dois caíram violentamente por terra.

Das nossas trincheiras um fogo de metralhadoras, raivoso e vão, respondeu em represália. Saí da seteira, procurei o professor de grego e fui em sua direção:
– Agora que você cumpriu sua obrigação de maneira tão bela, pode ir comer, satisfeito.
Ele me olhou com um olhar pesaroso. Tinha lágrimas nos olhos. Mas eu estava revoltado demais para me conter:
– Agora você e o seu estrategista têm o dever de sair, os dois juntos, em patrulha, com os seus alicates, e continuar o trabalho que Santini e seu mensageiro interromperam.
– Se me ordenarem sair – respondeu –, saio imediatamente.
O tenente-coronel preparava o ataque dos dois batalhões para as oito. O comandante de regimento e o comandante de brigada vieram até o *front* e o fizeram suspender.
De noite chegaram mais tubos e mais conhaque. A perseguição continuava.

XIII

Depois de um novo assalto fracassado, tentado pelo Primeiro Batalhão, tivemos alguns dias de trégua, que passamos nós e os austríacos reforçando as trincheiras. Estávamos agora na metade de julho. A nossa artilharia começou a mostrar sinais de vida sobre o altiplano. Uma bateria motorizada fez sua aparição pela estrada de Gallio, disparou uma centena de granadas, que caíram sobre os nossos, e desapareceu. Dessa não tivemos mais nenhum indício. Os soldados a batizaram "bateria fantasma". Nesse dia a artilharia inimiga respondeu, como represália, sobre nossas linhas e o comandante de brigada foi gravemente ferido.
O meu batalhão recebeu outras reservas e recompôs sua integridade. Cada companhia recebeu um capitão e quatro oficiais subalternos. O capitão Bravini, comandante titular da Décima e oficial mais antigo, continuou a comandar o batalhão na expectativa da chegada de um oficial superior.

Os corpos de armada laterais também tinham tido graves perdas e derrotas no Monte Interrotto, Monte Colombella, Monte Zingarella e em outros. A ideia da perseguição, que o general Leone apresentava como sua, de modo particular, era uma diretiva do Comando Supremo. Concomitantemente à notícia da chegada de um grupo de baterias, houve preparativos para um outro ataque. O meu batalhão foi avisado de que atacaria em primeiro lugar e recebeu ordem de fazer novos reconhecimentos. Mas o dia da ação ainda não tinha sido marcado.

Estávamos, parece-me, em 16 de julho. Eu tinha recebido ordem de acompanhar o comandante da Nona no *front* e lhe dar todos os esclarecimentos necessários para o conhecimento do terreno e das linhas inimigas. Ele tinha chegado no dia em que Santini foi morto e tinha, ele também, das seteiras da nossa trincheira, assistido à sua morte. Ficou profundamente impressionado. O comandante do batalhão havia estabelecido nas companhias um novo turno para os assaltos: a Nona devia sair em primeiro lugar na próxima ação. O seu comandante, portanto, devia conhecer em minúcia o setor no qual seria, em breve, chamado a agir.

Encontrei-o no comando da sua companhia, que estava atrás da primeira linha, como reforço. Comuniquei-lhe as disposições do comandante de batalhão.

– Eu sei, sei muito bem – disse-me –, agora cabe a mim sair primeiro. Um de cada vez, nos despacham todos.

– Desta vez vamos ter artilharia – disse eu para encorajá-lo.

– Teremos artilharia inimiga – rebateu o capitão – há barreiras por toda parte... é perfeitamente inútil que eu estude o terreno. É indiferente que se ataque à direita ou à esquerda. Para mim se trata apenas de morrer à direita ou então à esquerda. Mas se o comandante do batalhão assim deseja, vamos ver.

Podiam ser cinco da tarde. Eu tinha a intenção de acompanhá-lo à direita, no ponto mais elevado das nossas trincheiras. De lá se podia dominar todo o terreno entre as nossas trincheiras e as do inimigo, e via-se distintamente, olhando à esquerda, em direção do Monte Interrotto, o andamento das barreiras e das trincheiras no ponto em que a Nona devia atacar. Ficava ali, na nossa trincheira, a seteira nº 14, a melhor seteira de observação de todo o setor. Tinha sido construída sobre uma rocha que se estendia para a frente, formando um ângulo agudo em direção do inimigo. Essa seteira não era adequada para o terreno que estava em frente e também mais à direita em direção de Casara Zebio, mas, ainda que distante, permitia que se visse, mais embaixo, à esquerda, até mesmo o movimento dos austríacos na trincheira e nas veredas internas da trincheira. Eu tinha estado lá quase todos os dias e tinha também conseguido fazer desenhos elucidativos para o comando do regimento. A nossa trincheira naquele ponto era responsabilidade da 12ª Companhia.

Tínhamos já percorrido grande parte da linha e estávamos próximos do ponto mais elevado, quando veio ao nosso encontro o oficial de serviço da 12ª. Pedi-lhe que nos acompanhasse até a seteira nº 14.

– Durante o dia está fechada – respondeu-nos – não serve mais. Os austríacos a descobriram e têm um fuzil sobre um cavalete apontado para ela. Ontem tivemos uma sentinela morta; esta manhã, outro ferido. O comandante da companhia ordenou que ela fosse fechada com uma pedra durante o dia.

– É pena – disse eu – teria sido tão útil para o senhor capitão. Nos contentaremos com outras seteiras.

– Das outras seteiras – observou o oficial – não se vê grande coisa. Mas fiz muitos esboços e o senhor capitão pode vê-los. É como se olhasse pela seteira nº 14.

– Mas que esboços! – exclamou o capitão – Quero olhar pela seteira nº 14.

– O comandante da companhia – respondeu o oficial – proibiu expressamente.

– E olho assim mesmo – concluiu o capitão.

E nos encaminhamos pela trincheira, procurando o número da seteira. O capitão tinha se afastado de nós e seguiu só, caminhando a passos largos.

– Mande chamar o comandante da companhia – eu disse ao oficial. – De outro modo esse homem, que já bebeu, comete uma loucura.

Um soldado já tinha se afastado em direção ao comando da companhia e nós nos apressamos a alcançar o capitão. Chegamos todos juntos à seteira nº 14. O capitão aproximou-se, a seteira estava interceptada por uma pedra.

– Se o capitão deu uma ordem – disse eu segurando seu braço – nós devemos respeitá-lo.

– E eu? O que é que eu sou? Não sou um capitão? – rebateu, com voz autoritária.

Foi questão de poucos segundos. O capitão estava diante da seteira. Com um movimento rápido retirou a pedra e olhou. Um tiro ressoou no ar e o capitão caiu por terra. Uma bala explosiva despedaçara o lado direito da sua mandíbula, destroçando-a em grande parte.

De noite, retornando de um giro pela primeira linha, eu acompanhava o tenente Avelino que tinha assumido o comando da Nona Companhia, depois do ferimento do capitão. Um abrigo, encostado numa rocha estava iluminado. Era protegido lateralmente com telas de sacos e só passando perto é que se podia vislumbrar a luz no interior, através de algum orifício. Detive-me e olhei. No centro havia uma vela acesa. Os soldados, uns trinta mais ou menos, estavam em torno, sentados ou estendidos, e fumavam.

– Vamos ouvir o que eles dizem sobre o ferimento do capitão – sussurrei a Avellini.

Aproximamo-nos dos sacos e escutamos. Vários deles falavam.

– Amanhã de novo um ataque!
– Aposto que amanhã vai ter ataque.
– E por que não devia ter? Não somos nós, os filhos da puta?

– Não vai ter. O comboio não trouxe nem chocolate nem conhaque.
– Vai chegar mais tarde, quando estivermos todos mortos. E quem vai passar a mão em tudo é o suboficial da intendência.
– Não, te digo. Nunca se viu um ataque sem chocolate e sem conhaque. O chocolate pode até faltar, mas não o conhaque.
– Vocês vão ver que farão nos matarem, esses imprestáveis, sem chocolate e sem conhaque.
– Eu também acho. Preferem quando estamos famintos, sedentos e desesperados. Desse modo diminuem nosso desejo de viver. Quanto mais miseráveis somos, melhor para eles. E assim, quer vivos, quer mortos, para nós é a mesma coisa.
– É assim.
– É assim mesmo.
– Você, pare de bancar o imbecil. Você come como uma ave de rapina e depois se queixa. Agora teu estômago delicado precisa de chocolate e bombonzinhos. Se você não arranjar as duas sacolas de reserva que você comeu, você vai ver o que vai te acontecer. Eu, como chefe de esquadra, não quero ter dores de cabeça.
– Quanto você recebe pra ser espião?
– Se o capitão não se ferisse hoje, teria te aberto o estômago para retirar as sacolas.
– Eu, sem conhaque, não ataco.
– E onde você quer que eu encontre duas sacolas de carne?
– Você vai de qualquer maneira, mesmo sem o conhaque. Como sempre você fez.
– Encontre onde você quiser, mas encontre. Roube. Você engordou tanto que não é capaz de roubar nem mesmo de noite.
– Dois latões de conhaque, vi esta manhã.
– Não era conhaque. Roubei um pouco. Era gasolina para os fuzis.
– Isto quer dizer que sou obrigado a ir ao assalto, mesmo sem conhaque. Se vou, me fuzilam. Mas você gosta disso.

– Vão acabar nos matando a todos, com conhaque ou sem conhaque.
– Eh! Eles também morrem. Dizem que o ferimento do general é grave.
– Pior pra ele. Ganhava pra ser general, não?
– Sim, eles também morrem, mas com todo o conforto. De manhã bisteca, ao meio-dia, bisteca, de noite, bisteca.
– E com um salário mensal que sustentaria minha casa por dois anos.
– Vocês vão ver que não vai morrer. Daquela gente não morre um de verdade.
– Aqueles lá estão sempre bem. Mesmo mortos.
– Se morressem todos, estaríamos melhor nós também.
– Se morressem todos terminaria a guerra.
– Seria preciso matar todos eles.
– Não fomos capazes nem mesmo de matar o comandante de divisão. Somos uns desgraçados. Não prestamos pra nada.
– Não prestamos pra nada.
– Pra nada.
– Pra nada.
– Parece que o comandante andou dizendo: "eu, os meus soldados, não os conduzo para que se façam matar como galinhas". E preferiu que lhe enfiassem uma bala na cabeça.
– Quem te disse isso?
– Se dizia isso na companhia, quando ele passava por aqui, na maca.
– Precisava matar todos, todos, de capitão pra cima. Do contrário, pra nós, não tem saída.
– E o capitão comandante do batalhão?
– Ele também quer fazer carreira. Mas vai chegar o dia dele também.
– Todos querem fazer carreira. Os galões que eles usam são feitos de mortos.
– Dizem que o tenente Santini deixou um testamento.
– Também ouvi a mesma coisa.
– Eu também.

– E o que diz, o testamento? O tenente era casado?
– Casado nada! O testamento dizia: recomendo aos meus caros soldados atirar em todos eles, tão logo possam fazê-lo sem se colocar em perigo; todos, sem exceção.
– Aquele era um homem!
– Não tinha medo de nada.
– Era um desgraçado como nós.
– O tenente comandante do pelotão certamente não se deixará matar por nós. Tem um medo do diabo.
– E você não tem medo? Não tem medo, você?
– Se me dão conhaque não tenho medo de nada.
– Se você não tivesse medo, já teria fugido.
– Fugir? Fugir pra onde?
– Quem me dá um pouco de conhaque?
– Conhaque? Cartuchos, se você quiser.
– Dou meio charuto a quem me der conhaque,
– Vamos ver.
– vamos ver.
– Silêncio! Tem alguém aí fora.
– Olha aí, o meio charuto.
– Silêncio!

Nós estávamos apoiados no abrigo atrás da estradinha de comunicação. Do outro lado, na entrada do abrigo, o suboficial de intendência da companhia enfiou a cara e gritou:

– Cinco homens para transporte do chocolate e do conhaque!
– Engordam bem o porco antes de matá-lo.
– Engordam bem!
– Engordam bem!

XIV

O comandante da divisão quis dirigir pessoalmente os preparativos da ação. Desde as primeiras horas do dia ele estava no *front*, nas trincheiras do meu batalhão. O comandante do regimento o acompanhava. O general tinha se acostumado a controlar tudo. Aquela sua tenacidade, sem descanso, estava à altura de sua bravura. Desta vez ele estava decido a passar por cima das trincheiras inimigas.

Já durante a noite tinha se espalhado o boato de que numerosas baterias, de diferentes calibres, colaborariam com a ação. Finalmente, portanto, nossa artilharia poderia destruir aquelas malditas trincheiras e barreiras! Estava mais do que na hora. Depois da "bateria fantasma" não se tinha mais ouvido nenhuma bateria em todo o altiplano.

As peças não chegaram em massa. Mas o general Leone, de todo modo, quis nos mandar um exemplar. Ele fez transportarem até a trincheira um canhão do tipo calibre 75 mm. Arrastado pelo pessoal do transporte sobre mulas e caminhos íngremes, chegou ao *front* pouco depois do general. Era uma peça de campanha Deport, blindado. O canhão apresentou-se isolado, como decorosa representação oficial do conjunto do qual fazia parte. Onde estavam seus companheiros, nunca se soube. Provavelmente tinham sido enviados, também eles, como embaixadores extraordinários, para as várias brigadas sobre o altiplano. De qualquer forma suas vozes jamais chegaram a nós.

Nas nossas trincheiras, artilheiros e outros soldados cavaram uma vala profunda onde colocaram o canhão, as rodas para fora, o corpo de sustentação da boca de fogo dentro da trincheira. No momento em que o viram os austríacos abriram fogo. A peça, com os escudos couraçados na parte da frente e nas laterais, permaneceu impassível aos tiros. O general deu uma ordem e o subtenente de artilharia que comandava o destacamento fez iniciarem-se os disparos.

O general, o coronel, o capitão Bravini e eu, estávamos perto do canhão, protegidos pela trincheira. Aos primeiros fragores, o general esfregou as mãos com satisfação, sem, todavia, modificar a expressão de seu rosto austero. E olhou para os soldados, procurando, com os olhos duros, um consenso. Ele não falava, mas sua contida expressão dizia:

"Olhem que coisa o vosso general foi capaz de trazer para o *front*." Os soldados permaneceram indiferentes, incapazes de apreciar a importância da dádiva.

Desde os primeiros tiros do canhão, o fogo das metralhadoras e dos fuzis foi diminuindo até cessar completamente. Foram substituídos por um atirador de elite. Com tiro preciso, sempre mais preciso, o atirador tentava atingir o artilheiro do canhão através da pequena fenda que havia na couraça, usada para fazer a mira. Todos ao redor do canhão, irritados pelos tiros, aceleraram as respostas. Aquele pequeno tiro de fuzil – persistente, mas desanimado – era recoberto pelo rugir do canhão e da explosão das granadas sobre a trincheira. O general continuava a esfregar as mãos.

– Bravo, tenente! – dizia ao artilheiro. – Muito bem! Muito bem!

Do Vale d'Assa, a não menos de sete quilômetros, uma bateria inimiga do tipo calibre 152 mm disparou tentando atingir nosso canhão de 75 mm. Abateu-se sobre todo o entorno, em poucos instantes, uma avalanche de granadas. O pessoal de serviço no canhão pareceu nem ao menos se dar conta e permaneceu pregado nos seus lugares. Algumas granadas caíram em frente à nossa trincheira, sem ferir ninguém; outras se abateram sobre as trincheiras inimigas. Nosso canhão tinha encontrado um bom auxiliar. Como se os golpes tivessem partido do nosso canhão, o general aumentava o próprio entusiasmo.

– Bravo, tenente! – continuava. – Vou lembrá-lo para uma promoção extraordinária por mérito de guerra.

Os tiros do atirador solitário faziam-se sempre mais precisos. Ele atirava com método. Um tiro atravessou o escudo de proteção e despedaçou o braço de um artilheiro. Sem falar, o soldado mostrou o braço ferido ao tenente. O oficial tomou seu lugar e recomeçou os tiros. O atirador isolado também recomeçou os seus.

A bateria de 152 mm calava-se, evidentemente satisfeita. A nossa peça de 75 mm continuava a disparar, mas seus tiros caíam ora sobre as barreiras ora sobre as trincheiras, sem maiores efeitos. Parecia claro que poderia continuar a disparar durante todo o dia com o mesmo resultado.

Ao coronel, que até aquele momento tinha se mantido mudo ao lado do general, escapou uma exclamação:

– Isso tudo não serve para nada.

O general não se irritou. Pareceu até que prestasse atenção ao coronel.

– O senhor crê que isso realmente não serve para nada?

– Para nada – respondeu o coronel com convicção. – Para nada mesmo, senhor general.

Olhei para o coronel perplexo. Era a primeira vez que ele ousava exprimir uma opinião contrária à hierarquia.

O general refletiu. Acariciou o queixo com a extremidade do bastão alpino e ficou longo tempo meditando. Ele também deve ter notado que o canhãozinho de 75 mm era impotente contra uma trincheira cavada no chão e contra uma linha de barreiras tão vasta. Enquanto o general refletia, também o tenente foi ferido no braço. Imediatamente um sargento o substituiu. Os artilheiros em movimentos mecânicos continuavam a municiar a peça.

O tenente passou ao lado do general enfaixando o braço. O general pareceu decidir-se. Bateu a mão nas suas costas e lhe ordenou que cessasse o fogo.

O general virou-se para o coronel:

– Agora vamos colocar em ação as couraças "Farina".

Olhei o relógio: tinha passado das oito.

O pessoal de transporte trouxe até a trincheira dezoito couraças "Farina". Era a primeira vez que eu as via. Eram uma derivação da couraça do meu major, as tais com imitação de escamas de peixe, leves, que cobriam só o torso e o abdômen. As couraças "Farina" eram armaduras espessas, compostas por duas ou três partes, que circundavam o pescoço, os ombros e cobriam o corpo quase até os joelhos. Não devia pesar menos de cinquenta quilos. A cada couraça correspondia um elmo, também de grande espessura.

O general estava em pé, na frente das couraças. Depois da fugaz satisfação que lhe tinham dado os primeiros tiros de canhão, tinha se recomposto, imóvel. Agora falava, científico:

– Estas são as famosas couraças "Farina" – explicava-nos –, que só poucos conhecem. São especialmente célebres porque permitem, em plena luz do dia, ações de uma audácia extrema. Pena que são poucas! Em todo o corpo da armada não são mais do que dezoito. E são nossas! Nossas!

Eu estava na trincheira ao lado do capitão Bravini. Do meu lado, mas distante alguns metros, havia um grupo de soldados. O general falava num tom de voz normal. Os soldados podiam escutá-lo. Um soldado comentou em voz baixa:

– Eu preferia um cantil de bom conhaque.

– Só a nós foi concedido o privilégio de tê-las. O inimigo pode ter fuzis, metralhadoras, canhões: com as couraças "Farina" passa-se por tudo isso.

– "Por tudo isso" é maneira de dizer – observou o coronel, que naquele dia estava tomado pelo heroísmo.

O terrível general não reagiu e olhou o coronel como se ele tivesse colocado uma objeção de caráter técnico. O coronel por temperamento era lento e passivo, mas, de vez em quando, permitia-se extravagâncias que, para outros, não seriam toleradas. Tinha uma estatura de gigante e uma enorme fortuna familiar: duas qualidades que se impunham.

– Eu conheci as couraças "Farina". E não conservei uma boa recordação delas. Mas talvez estas sejam melhores.

– Certo, certo, estas são melhores – retomou o general. – Com estas se passa por qualquer lugar. Os austríacos...

O general abaixou a voz, suspeitoso, e deu uma olhada para as trincheiras inimigas, para assegurar-se de que não era ouvido.

– Os austríacos fizeram despesas enormes para entender o segredo. Mas não conseguiram. O capitão da divisão técnica, que foi fuzilado em Bolonha, parece que tinha se vendido ao inimigo por causa dessas couraças. Mas foi fuzilado a tempo. Senhor coronel, poderia fazer a gentileza de enviar o destacamento dos *guastatori*?

O destacamento dos *guastatori* tinha sido preparado desde o dia anterior e aguardava para entrar em ação. Era formado por voluntários do destacamento de sapadores, comandados por um sargento, ele também voluntário. Em poucos minutos estavam nas trincheiras, cada um com um alicate. Todos vestiram as couraças. O próprio general aproximou-se deles e os ajudou a ajustar as fivelas.

– Parecem guerreiros medievais – observou o general.

Nós nos conservamos em silêncio. Os voluntários não sorriam. Preparavam-se apressadamente e pareciam decididos. Os outros soldados das trincheiras olhavam para eles com desconfiança.

Eu seguia o que ocorria com ansiedade. E pensava na couraça do major no Monte Fior. Certamente essas eram muito mais sólidas e podiam proporcionar maior proteção. Mas onde poderiam chegar esses *guastatori*, mesmo se pudessem superar as barreiras e chegar às trincheiras?

Auxiliados pelo canhão, fizemos uma outra brecha na trincheira. O sargento voluntário bateu continência ao general. E ele respondeu solene, ereto em posição de sentido, a mão rigidamente tesa contra o capacete. O sargento foi o primeiro a sair; os outros o seguiram, vagarosos, por causa do peso do aço, seguros de si, mas curvados quase até o chão, porque o elmo cobria a cabeça, as têmporas e a nuca, mas não o rosto. O general manteve-se em posição de sentido até que passasse o último voluntário, e disse ao coronel, gravemente:

– Os romanos venceram por causa das couraças.

Da direita partiu a rajada de uma metralhadora austríaca. Imediatamente outra à esquerda abriu fogo. Olhei para os soldados na trincheira. Seus rostos expressaram uma contração de dor. Eles compreendiam o que estava acontecendo. Os austríacos esperavam emboscados. Os *guastatori* estavam sob fogo cruzado de duas metralhadoras.

– Avante! – gritou o sargento aos *guastatori*.

Um depois do outro, os *guastatori* couraçados caíram todos. Nenhum chegou até as barreiras inimigas.

– Avan... – repetia a voz do sargento ferido em frente às barreiras.

O general calou-se. Os soldados do batalhão entreolhavam-se horrorizados. O que seria deles, agora?

O coronel se aproximou do general e disse:

– Às nove, devemos atacar assim mesmo?

– Certamente – respondeu o general, como se ele tivesse previsto que os fatos iriam transcorrer exatamente como tinham transcorrido –, às nove. A minha divisão ataca em todo o *front*.

O capitão Bravini tomou-me pelo braço e disse:

– Agora é com a gente!

Desprendeu o cantil da cintura e, acredito, bebeu tudo o que nele continha.

XV

Como único resultado o canhão tinha causado o ferimento do artilheiro e o do tenente. Os *guastatori* tinham todos caído. Mas o assalto seria feito de qualquer forma. O general estava sempre ali, como um inquisidor, decidido a assistir até o fim ao suplício dos condenados. Faltavam poucos minutos para as nove.

O batalhão estava pronto, as baionetas preparadas. A Nona Companhia estava toda reunida em torno da abertura dos *guastatori*. A Décima vinha imediatamente depois. As outras companhias estavam cerradas nas trincheiras, nas veredas e atrás dos rochedos ao fundo. Não se ouvia um murmúrio. Moviam-se apenas os cantis de conhaque. Da cintura para a boca, da boca para a cintura, da cintura para a boca. Sem interrupção, como as agulhas de um grande tear colocado em movimento.

O capitão Bravini tinha em mãos o relógio e seguia, fixamente, o curso inexorável dos minutos. Sem levantar os olhos do relógio gritou:

– Prontos para o assalto!

Depois repetiu ainda:

– Prontos para o assalto! Senhores oficiais, à frente dos destacamentos.

O sargento dos *guastatori*, ferido, continuava a gritar:

– Avan...

Os olhos dos soldados, esbugalhados, procuravam os nossos olhos. O capitão continuava inclinado sobre o relógio e os soldados encontraram somente os meus olhos. Esforcei-me para sorrir e disse qualquer coisa apenas movendo os lábios, mas aqueles olhos, cheios de interrogações e de angústia, perturbaram-me enormemente.

– Prontos para o assalto – disse mais uma vez o capitão.

De todos os momentos da guerra aquele que antecedia o assalto era o mais terrível.

O assalto! Para onde se ia? Os abrigos eram abandonados e saía-se. Para onde? Os atiradores, com as metralhadoras preparadas, estendidos sobre o ventre repleto de cartuchos, esperavam-nos. Quem não conheceu aqueles instantes não conheceu a guerra.

As palavras do capitão caíram como um golpe de machado. A Nona estava em pé, mas eu não conseguia vê-la por inteiro, de tal modo se confundia com o parapeito da trincheira. A Décima estava de frente ao longo da trincheira e eu podia distinguir cada soldado. Dois soldados moveram-se e os vi, um ao lado do outro, ajustarem o fuzil sob o próprio queixo. Um deles se curvou, disparou o tiro e se dobrou como um animal sobre si mesmo. O outro o imitou e desabou por terra ao lado do primeiro. Era covardia, coragem, loucura? O primeiro era um veterano do Carso.

– Sabóia – gritou o capitão Bravini.

– Sabóia – repetiram os destacamentos.

E foi um grito urrado como um lamento e uma invocação

desesperada. A Nona Companhia, tenente Avellini à frente, superou a brecha e se lançou ao ataque. O general e o coronel estavam nas seteiras.

– O comando do batalhão sai com a Décima – gritou o capitão.

Quando a vanguarda da Décima Companhia chegou até a brecha, nós nos lançamos à frente. A 10ª, a 11ª e a 12ª seguiram uma após a outra. Em poucos segundos todo o batalhão estava em frente às trincheiras inimigas.

Podíamos ter gritado ou não porque, de qualquer jeito, as metralhadoras inimigas esperavam-nos. Assim que ultrapassamos uma faixa de terreno rochoso e começamos a descida descobertos, em direção da valada, elas abriram fogo. Os nossos gritos foram sufocados por suas rajadas. Tive a impressão de que dez metralhadoras disparavam contra nós, de tal maneira o terreno foi trespassado por detonações e silvos das balas. Os soldados atingidos caíam pesadamente como se caíssem das árvores.

Por um momento fui tomado por um torpor mental e todo o corpo tornou-se lento e pesado. Talvez estivesse ferido, pensava. E ao mesmo tempo sentia que não estava ferido. Os tiros próximos das metralhadoras e a aproximação das divisões que avançavam despertaram-me. Retomei imediatamente consciência do meu estado. Não era raiva, não era ódio como numa briga, mas uma calma completa, absoluta, uma forma de fadiga infinita, em torno do pensamento lúcido. Depois, até aquele cansaço desapareceu e recomecei a corrida, veloz.

Agora me parecia que tinha recobrado a calma e via tudo ao meu redor. Oficiais e soldados caíam com os braços estendidos e na queda os fuzis eram projetados à frente, longe. Dava a impressão que avançava um batalhão de mortos. O capitão Bravini não cessava de gritar:

– Sabóia!

Um tenente da 12ª passou perto de mim. Tinha o rosto vermelho e empunhava um mosquetão. Era um republicano e tinha ódio do grito monárquico. Ele me viu e gritou:

– Viva a Itália!

Eu tinha na mão o bastão de montanha. Levantei-o no alto para responder a ele, mas não pude pronunciar uma palavra. Se nós nos encontrássemos num terreno plano nenhum de nós teria chegado até as barreiras inimigas. As metralhadoras teriam ceifado a todos nós. Mas o terreno era ligeiramente em declínio e coberto de arbustos e pedras. As metralhadoras eram continuamente obrigadas a mudar a altura para ajustar a mira, e os tiros perdiam sua eficácia. Não obstante isso, as ondas de assalto faziam-se mais raras e, de mil homens do batalhão, poucos restavam ainda em pé, em condições de avançar. Olhei em direção das trincheiras inimigas. Os defensores não estavam escondidos atrás de seteiras. Estavam todos em pé e se expunham acima das trincheiras. Sentiam-se seguros. Vários, aliás, estavam em pé sobre os parapeitos. Todos disparavam em nossa direção, mirando calmamente, como num treinamento.

Dei de encontro com o sargento dos *guastatori*. Estava caído de lado, apertado pela couraça, o elmo furado de lado a lado. Tinha sido atingido na cabeça enquanto incitava seus companheiros e repetia o grito que lhe tinha sido interrompido, como uma cantilena pesarosa:

– Avan... avan...

Ao redor jaziam três *guastatori* com as couraças destroçadas.

Chegávamos às trincheiras. Também o capitão Bravini tinha recebido um golpe e o vi, com os braços abertos, mergulhado num arbusto. Acreditei que estava morto. Mas logo depois ouvi seu grito de "Sabóia" repetido, a intervalos, com voz rouca e fraca.

O batalhão devia atacar numa frente de 250, 300 metros. As metralhadoras não nos podiam mais atingir, mas oferecíamos aos atiradores em pé, um alvo compacto. Os restos do batalhão tinham-se reunido naquele ponto. E éramos atingidos por tiros à queima-roupa.

De repente, os austríacos cessaram os disparos. Vi os que estavam mais de frente, com olhos arregalados e com

expressões de terror, quase fossem eles, e não nós, que estivessem sob o fogo. Um deles, que estava sem fuzil, gritou em italiano:
– Basta! Basta!
– Basta! – repetiram os outros dos parapeitos.
O que não trazia armas pareceu-me um capelão.
– Basta! Bravos soldados. Não se façam matar assim.
Ficamos paralisados um instante. Nós não disparávamos, eles não disparavam. O que dava a impressão de um capelão curvava-se de tal maneira em nossa direção que se eu tivesse estendido o braço teria podido tocá-lo. Ele tinha os olhos fixos em nós. Eu também o olhava.
Da nossa trincheira uma voz áspera elevou-se:
– Avante! Soldados da minha gloriosa divisão. Avante! Avante contra o inimigo!
Era o general Leone.
O tenente Avellini estava a alguns metros de mim. Entreolhamo-nos, e ele disse:
– Vamos avançar.
Eu repeti:
– Vamos avançar.
Eu não empunhava a pistola, mas sim o bastão de montanha. Não me ocorreu empunhar a pistola. Atirei o bastão contra os austríacos. Um deles o pegou no ar. Avellini segurava nas mãos a pistola. Ele avançou procurando ultrapassar um tronco caído sobre as redes de arame farpado, intactas. Era o tronco de um cipreste que, atingido por uma granada tinha se abatido sobre os fios de ferro. Sobre o tronco ele prosseguia com dificuldade, como sobre uma estreita passarela. Disparou um tiro de pistola e gritou para os soldados:
– Disparem de uma vez! Fogo!
Alguns soldados dispararam.
– Avante! Avante! – urrava o general.
Avellini caminhava sobre o tronco e se esforçava para manter o equilíbrio. Atrás dele dois soldados seguravam-se penosamente. Eu tinha chegado até uma das defesas de ara-

me farpado e me pareceu possível atravessá-la. De fato, através dos fios havia uma estreita passagem. Enfiei-me nela. Mas depois de uns passos encontrei-me diante de uma barreira ainda mais forte. Era impossível continuar. Virei para trás e vi soldados da Décima que me seguiam. Fiquei ali, imobilizado. Das trincheiras ninguém disparava. Em uma ampla seteira em frente vislumbrei a cabeça de um soldado. Ele me olhava. Vi apenas os olhos. E me pareceu que ele não tivesse senão olhos, de tal maneira que me pareceram grandes. Lentamente dei dois passos atrás, sem me voltar, sempre sob o olhar daqueles grandes olhos. Então pensei: os olhos de um boi.

Desembaracei-me dos arames e me dirigi para onde estava Avellini.

Sobre o tronco havia um grupo de soldados em pé, agarrados uns nos outros. Enquanto eu me aproximava do tronco e da trincheira inimiga, uma voz de comando gritou, forte, em alemão:

– Fogo!

Da trincheira partiram tiros. O tronco tombou e os homens caíram para trás. Avellini não estava ferido e respondeu com tiros de pistola. Jogamo-nos todos no chão entre os arbustos e nos protegemos atrás de árvores. O assalto tinha acabado. Empreguei muito tempo para descrevê-lo, mas deve ter se desenvolvido em menos de um minuto.

Avellini estava próximo e me sussurrou:

– O que devemos fazer?

– Não se mover mais e esperar anoitecer – respondi.

– E o assalto? – insistiu.

– O assalto?

Os austríacos continuavam a disparar, mas muito acima de nós. Estávamos seguros. A voz do capitão Bravini chegava até nós, cansada. Continuava a repetir "Sabóia". Abaixado, pus-me à procura do capitão. Creio que levei uma hora para chegar a ele. Estava estendido, a cabeça atrás de uma pedra. Uma das mãos sobre a cabeça. Sem a túnica, tinha um braço enfaixado, coberto de sangue. Ao seu lado só havia cadáve-

res. Ele deve ter enfaixado o braço sozinho. Os arbustos impediam que fosse visto das trincheiras. Cheguei perto dele sem que percebesse. Toquei-lhe a perna e ele me viu. Olhou-me longamente e repetiu ainda uma vez, abaixando a voz:
– Sabóia.
Levei o dedo à boca num sinal para que se calasse. Apertei sua perna e murmurei em seu ouvido:
– Fique quieto!
Ele pareceu despertar de um longo sono. Levou ele também um dedo à boca e não falou mais. Foi como se eu tivesse apertado o botão de algum aparelho mecânico e o tivesse paralisado.

Agora, toda a valada estava em silêncio. Os nossos feridos não mais se lamentavam. Até o sargento dos *guastatori* calara-se, mergulhado no eterno silêncio. Nem mesmo os austríacos disparavam. O sol batia sobre o pequeno campo de batalha. Assim passou o resto daquele dia, um átimo e uma eternidade.

Quando, à noite, voltamos para nossas linhas, o general quis apertar a mão de todos os oficiais; cinco, incluindo os feridos. Afastando-se, ele disse ao capitão Bravini, que tinha o antebraço fraturado:
– O senhor pode contar com uma medalha de prata, por valor militar em combate.

O capitão manteve-se em posição de sentido até que o general desaparecesse. Ao ficar a sós conosco, sentou-se e chorou a noite inteira, sem conseguir pronunciar uma única palavra.

Terminada a retirada dos feridos e dos mortos, que os austríacos nos deixaram recolher sem disparar um tiro, deitei-me, procurando dormir. A cabeça estava leve, leve; eu tinha impressão de que respirava com o cérebro. Estava acabado, mas não conseguia pegar no sono. O professor de grego veio ao meu encontro. Estava deprimido. Seu batalhão também tinha atacado, mais à esquerda, e tinha sido destruído, como o nosso. Ele me falava com os olhos fechados.

— Tenho medo de enlouquecer – disse-me –, estou ficando louco. Um dia ou outro me suicido. É preciso se matar.

Eu não soube lhe dizer nada. Eu também sentia ondas de loucura aproximarem-se e desaparecerem. De quando em quando sentia o cérebro debater-se na caixa craniana, como água agitada numa garrafa.

XVI

O general Leone não se dava descanso. Tinha sido citado na ordem do dia do exército e essa distinção o impelia a ser ainda mais audacioso. Ele aparecia no *front* de dia ou de noite. Era evidente que tramava outros empreendimentos. Mas a brigada tinha tido perdas graves demais, e não podia ser empregada de novo antes de ser reconstruída. No meu batalhão não tinham restado mais do que duzentos soldados, incluindo a seção de metralhadoras de Ottolenghi, que, durante a ação, tinha ficado na defesa das trincheiras. Estávamos reduzidos a três oficiais. O capitão Bravini, cujo ferimento no braço foi considerado leve, morreu em questão de dias. Um outro oficial, ferido num pé, teve de ser recolhido num hospital e operado.

O fim de julho e a primeira quinzena de agosto foram para nós um longo e doce repouso. Naqueles dias, nem um só assalto. A vida nas trincheiras, ainda que dura, não era nada comparada com um assalto. O drama da guerra é o assalto. A morte é um acontecimento normal e se morre sem espanto. Mas a consciência da morte, a certeza da morte inevitável torna trágicas as horas que a precedem. Por que se mataram os dois soldados da Décima? Na vida normal da trincheira ninguém prevê a morte ou a crê inevitável; e ela chega sem se fazer anunciar, repentina e suave. Em uma grande cidade, por outro lado, há mais mortos de acidentes inesperados do que nas trincheiras de um setor do exército. Até as doenças são pouca coisa. Até os contágios são menos temidos. A cólera mesmo, o que é? Nada. Apareceu entre a Primeira e a Segunda Armada, com muitos mortos, e os soldados riam dela. O que é a cólera diante do fogo ininterrupto de uma metralhadora?

Aqueles dias de vida calma na trincheira foram até alegres. Os soldados cantarolavam à sombra. Reliam cem vezes as cartas recebidas de casa, cinzelavam braceletes com arame retirado das granadas, caçavam pulgas e fumavam satisfeitos.

Alguns jornais chegavam de vez em quando e eram passados de mão em mão. Eram todos iguais e irritantes. A guerra era descrita de um modo tão estranho que nos era irreconhecível. O Vale de Campomulo que, depois do Monte Fior, atravessamos sem encontrar um só ferido, era descrito como "repleto de cadáveres". De austríacos, naturalmente. A música nos precedia nos assaltos e era um delírio de cantos e de conquistas. Até nossos jornaizinhos militares eram muito aborrecidos. A verdade, éramos nós que a tínhamos, diante de nossos olhos.

O subtenente Montanelli veio um dia me encontrar. Ele era um veterano do Segundo Batalhão, comandante do destacamento de sapadores. Era estudante de engenharia da Universidade de Bolonha e nos conhecíamos do Carso. Também ele era um dos poucos que saíram ilesos dos combates do altiplano. Chegou no momento em que eu lia.

– Você, lendo? – disse-me. – Você não tem vergonha?

– E por que eu não devia ler?

Ele envergava um impermeável abotoado. Da sua indumentária viam-se só o capacete, o impermeável, as faixas das pernas – pela metade – e os sapatos. Quase completamente imprestáveis, sola e sapato mantinham-se unidos com auxílio de fios de ferro. As solas eram novas, feitas de cascas de árvores. Desabotoou o impermeável e se mostrou nu, do elmo para baixo. Dois meses de campanha tinham-no reduzido àquele estado. Desde o fim de maio não chegava até o *front* nenhuma peça nova de vestuário. Alguns mais, outros menos, estávamos todos vestidos como vagabundos.

– E a roupa de baixo? – perguntei-lhe.
– Não sendo um gênero de primeira necessidade eu a aboli. A minha fauna me obrigava a tais fadigas de caça, grande e pequena, que preferi queimar os seus refúgios. Agora me sinto mais homem. Quero dizer, mais animal. E você lê? Me dá pena. A vida do espírito? É cômico, o espírito. O espírito! O homem primitivo tinha uma vida do espírito? Nós queremos viver, viver, viver.
– Ninguém disse que para viver seja preciso suprimir a camisa.
– Beber e viver. Conhaque. Dormir e viver e conhaque. Descansar à sombra e viver. E mais conhaque. E não pensar em nada. Porque se pensássemos em alguma coisa deveríamos nos matar uns aos outros e acabar com isso de uma vez por todas. E você lê?

Eu tinha descoberto na Vila Rossi, situada no bosque a meio caminho entre Gallio e Asiago, livros abandonados. Era noite e a incursão em patrulha não me deixava muito tempo. Na pressa, escolhi *Orlando Furioso*, de Ariosto, um livro sobre pássaros e uma edição francesa de *As Flores do Mal*, de Baudelaire. Faltavam as primeiras páginas do livro sobre pássaros e nunca soube o nome do autor. Levei aqueles livros comigo para o altiplano. Salvos por mim uma vez, e outra vez pelo meu ordenança, eles me acompanharam sempre. É provável que fosse a única biblioteca literária ambulante do exército. O meu ordenança tinha uma particular paixão por pássaros e aquele livro, ilustrado, era seu passatempo. Ele era um caçador. Mal sabia ler, e se interessava principalmente pelas figuras. Quando eu lia, ele também lia, e trocávamos impressões.

– O que você encontrou de novo? – eu lhe perguntava.
– O livro é interessante. *Bertoldo e Bertoldino* fazia-me rir mais, mas este é mais atraente e variado. Todos os pássaros estão aqui dentro. Não falta um. Estão até os papafigos. Não nego que a mim me apetecem muito passarinhos com polenta. Os papafigos ficam muito bons. Mas, sem tirar a razão dos vênetos, prefiro os merlos e os tordos assados.

Eu lhe dizia:
— Parece que os tordos vêm da Alemanha. Mas não todos.
— Podem vir de onde quiserem, mas no espeto são todos iguais. Todos são bons. Preste atenção, senhor tenente: os tordos são deliciosos se o espeto for de madeira. Nunca, por caridade, nunca cometa a imprudência de usar um espeto de ferro. Use somente espetos de madeira. E nunca mais de um por vez. Cada tordo exige seu espeto. Preste atenção: que seja de madeira doce. Primeiro, degustar a madeira. Mastigue um pouco e controle o sabor. Eu sempre fiz assim...

Uma vez que meu ajudante de ordens, nas horas de ócio, reclamava sempre o livro sobre os pássaros, eu estava reduzido a ler somente o *Orlando* e *As flores do Mal*. Mas eu tinha o bastante. Certamente nós dois éramos os únicos leitores assíduos do altiplano.

Foi sobre os montes de Asiago que aprendi a conhecer dois dos mais característicos espíritos da cultura ocidental. Eu já os conhecia, mas superficialmente, como pode conhecê-los alguém que leia, na escrivaninha, na cidade, em tempos normais. Não tinha me ficado deles nenhuma recordação especial. Lidos em guerra, durante um descanso, são outra coisa. Ariosto era um pouco como nossos jornalistas de guerra, descreveu cem combates sem que tenha visto um único. Mas que graça e que alegria no mundo de seus heróis. Ele tinha certamente um fundo cético, mas impulsionado pelo otimismo. É o gênio do otimismo. As grandes batalhas eram para ele agradáveis excursões num campo florido, e até a morte aparecia-lhe como uma simpática continuação da vida. Alguns de seus capitães morrem, mas continuam a combater sem se darem conta de estarem mortos.

Baudelaire é o oposto. O sol do altiplano era feito para iluminar sua tétrica vida. Como o estudante bolonhês, ele teria podido vagar nu sobre os montes e beber sol e conhaque. Bem que teria podido fazer a guerra ao lado do tenente-coronel do observatório de Stoccaredo. Igual a ele, igual a mil outros dos meus companheiros, ele tinha necessidade de beber para aturdir-se e esquecer. A vida era para ele o que era para nós a guerra. Mas quantas centelhas de alegria humana irrompem do seu pessimismo!

Era um dia de sol, todo o *front* estava calmo. Só do Vale d'Assa, empurrado pelo vento, nos chegava de quando em quando um tiro de fuzil. O meu ordenança, o fuzil sobre os joelhos como um espeto, estava curvado sobre os pássaros. Eu me sentava ao lado dele, com Angelica e Orlando no meio de uma fuga. Uma voz alegre rompeu nosso silêncio:

– Bom dia, colega!

Era um tenente de cavalaria. Eu fechei o livro e me levantei. Apertamos as mãos e nos apresentamos. Era do Regimento "Piemonte Real". Comissionado no comando da armada, vinha até o *front* pela primeira vez. Nunca tinha visto uma trincheira. Mesmo naquele momento não vinha em nenhuma missão, mas por seu interesse pessoal, para conhecer a linha e nosso modo de viver. Estava acompanhado de um mensageiro do comando do regimento. Vestia-se de maneira impecavelmente elegante: luvas brancas, rebenque, longas botas amarelas e esporas.

Eu lhe disse logo:

– Presta atenção, porque com a tua brilhante vestimenta você será o alvo de todos os atiradores de elite que estão na nossa frente.

Ele fez graça sobre os atiradores de elite, fez graça sobre meu livro. Quis conhecer o autor. Confessou que nunca tinha lido Ariosto.

Entreguei o livro ao ordenança, peguei o bastão de montanha e retornei até ele. Um pouco para reatar a conversa, eu disse:

– Orlando é divino.

– Mereceria – respondeu – se tornar Presidente do Conselho.

– Presidente do Conselho – objetei – talvez fosse demais. Mas o exército não o consideraria pior do que o general Cadorna.

– Não, Sua Excelência não tem preparação militar, mas é certamente o maior orador e o maior político que existe no Parlamento.

– Sua Excelência?

A questão tornou-se intrincada. No breve esclarecimento que se seguiu, compreendi que eu falava de Orlando, o "Furioso", aquele de Ariosto, enquanto meu colega falava do ilustríssimo deputado Orlando, deputado no Parlamento e Ministro da Graça e da Justiça, no Ministério Boselli. O tenente era siciliano como o Ministro e tinha por ele uma admiração sem limites. O tenente livrou-se do embaraço com desenvoltura. Certamente, ao meu orgulho de oficial de infantaria o equívoco agradou. A própria pronúncia do tenente de cavalaria divertiu-me. Ele falava com graça, não pouco afetada, quase suprimindo o "r", à francesa, como entre nós faziam só os artistas de cinema.

Na verdade, por um momento, o embaraço foi mais meu do que dele. Ele estava tão bem-vestido e eu tinha o uniforme parte em farrapos, parte remendado. Sim, eu era oficial de uma brigada célebre e ele era lanceiro num regimento da reserva, de serviço no comando da armada, ainda por cima. Mas eu estava num estado por demais indecente. Tive até mesmo a impressão de me encontrar diante de um superior. Pouco a pouco reagi e consegui vencer aquele complexo de inferioridade que um homem sujo sente diante de um homem limpo. Em poucos minutos tornamo-nos bons camaradas.

Eu o precedi e saímos para as trincheiras. Ele não tinha medo. E – o que é sempre um grave perigo na trincheira – fazia questão de mostrar que não tinha medo. Eu lhe dizia "faz como eu", "aqui abaixa", "aqui encosta a mão no chão" e ele não se abaixava, não encostava no chão, não parava. Queria olhar todos os lugares, nas seteiras, acima do parapeito das trincheiras. Esforçava-me para convencê-lo a ser mais prudente. Por sorte ninguém disparava.

Paramos em um ângulo, para ficarmos um pouco na sombra. Ele me disse:

– Creio que vocês da infantaria são prudentes demais.

Era indubitavelmente uma frase mal colocada. Eu me senti vivamente atingido. Aquela lição pareceu assaz inoportuna ao meu espírito de corpo.

– É que nós – repliquei – contamos só com as nossas pernas. Num momento difícil, a um infante podem tremer os joelhos. E se os joelhos tremem não se dá um passo à frente. Vocês têm mais sorte. Vocês podem até morrer de medo, mas contam com as patas dos cavalos que os arrastam de qualquer maneira para frente.

Só mais tarde me arrependi de ter falado desse modo: no momento fiquei satisfeito. Pareceu-me que tinha colocado o cavaleiro em seu lugar. Ele não me respondeu.

Passamos diante da seteira nº 14.

– Esta – expliquei – é a mais bela seteira do setor, mas serve só à noite, quando os austríacos empregam os sinalizadores. Durante o dia é proibido olhar. Muitos soldados e oficiais foram mortos ou feridos. O inimigo ajustou a mira com um fuzil apoiado num cavalete, atrás do qual está um atirador permanentemente. Para divertirem-se, os soldados fazem aparecer pedaços de madeira, ou de papel, e moedas fixadas num pedaço de pau. E o atirador acerta sempre o buraco da seteira e atinge o alvo.

Paramos os dois diante da seteira. Não estava mais obstruída com uma pedra, como era costume. Tinham mudado para uma proteção de aço provavelmente achada em algum lugar nas ruínas do Asiago. No centro da pesada peça havia um orifício para observação que se podia fechar e abrir com um obturador igualmente de aço. Eu levantei o obturador, colocando-me de lado, e esperei o tiro. Mas o atirador não disparou.

– O atirador dorme – disse o tenente.

Deixei cair o obturador sobre o orifício e o levantei de novo. A luz do sol passou pelo orifício como o facho luminoso de um refletor. Um sibilo atravessou o ar, acompanhado de um tiro de fuzil. A bala tinha atravessado o orifício.

O tenente quis experimentar também. Ergueu o obturador e colocou no orifício a extremidade de seu rebenque. Outro tiro ressoou e o chicotinho partiu-se. Ele riu. Pegou um pedaço de madeira fixou uma moeda nele e tentou de novo.

– Esta noite vou ter alguma coisa para contar ao comando da armada.

A moeda, atingida em cheio, saiu da extremidade da madeira e voou sibilando no ar.

Passei adiante e mostrei a seteira sucessiva.

– Daqui se vê um outro setor menos importante. Aqui não há perigo. Está vendo lá no fundo uma forma que parece um saco de carvão? É uma metralhadora camuflada. Nós a identificamos algumas noites atrás, quando ela atirava durante um alarme. Já informamos ao comando do regimento, porque se houver alguma ação vai ser preciso destruí-la com um canhãozinho de montanha.

– Vocês tem artilharia agora?

– Sim, algumas peças começam a chegar. Você consegue ver lá, um pouco à direita? Parece um cachorro branco. É um observatório que domina o outro setor. E lá onde se vê aquele denso bosque há uma descida profunda. Lá o *front* se interrompe e recomeça do outro lado, além da descida.

Eu acreditava que atrás de mim também ele estivesse olhando. A seteira era grande e havia lugar para dois. Ouvi sua voz um pouco distante enquanto dizia:

– A um oficial do "Piemonte Real" as pernas tremem menos do que as de seu cavalo.

Um tiro de fuzil seguiu-se às suas palavras. Virei-me. O tenente estava na seteira nº 14 e foi arremessado ao solo. Atirei-me a ele para sustentá-lo, mas já estava morto. A bala o tinha atingido no rosto.

XVII

Na metade de agosto começou-se a falar de novo em ação. Os batalhões tinham sido reconstruídos. Algumas baterias de campo e de montanha já tinham tomado posição no corpo da armada. No *front*, não se dormia mais durante a noite. Patrulhas e tubos foram de novo colocados em movimento. Um dia anunciaram o ataque para o dia seguinte, mas foi adiado. A vida estava assegurada por mais um dia. Quem não fez a guerra nas condições em que nós a fizemos não pode compreender o significado desse privilégio. Até mesmo uma hora de segurança, naquelas condições, era muito. Poder dizer, ao raiar do dia, uma hora antes do assalto, "pronto, vou dormir ainda meia hora, posso ainda dormir meia hora, depois vou despertar e vou fumar um cigarro, esquento uma xícara de café, que saboreio em pequenos goles e daí fumo um outro cigarro" parecia a programação feliz de toda uma vida.

As ordens para que nos preparássemos para outro combate coincidiram com a notícia de que a dois regimentos da brigada tinha sido concedida a medalha de ouro por valor militar. A excepcional honraria, que nos distinguia uma vez mais entre todas as brigadas de infantaria, teria sido mais apreciada por todos se estivéssemos em repouso. O comandante da brigada quis também celebrar o acontecimento e chamou todos os oficiais para instruções. Em um breve discurso, relembrou o passado da brigada e ordenou que os comandantes de companhia fizessem a mesma coisa nos destacamentos.

Eu estava com os oficiais do meu batalhão. Depois das instruções, que tinham sido dadas no comando da brigada, subimos de novo para o *front*, juntos. Atrás vinham os oficiais do Primeiro Batalhão, comandados pelo capitão Zavattari. Ele tinha sido transferido do Segundo Batalhão para o Primeiro depois da morte do major e tinha assumido o comando. O meu batalhão estava na trincheira e o Primeiro ficou como reforço. Para ganhar de novo a linha nós devíamos passar pelo comando do Primeiro Batalhão.

Tínhamos chegado à altura do comando quando nos chegou a notícia de que o general Leone estava morto, atingido no peito por uma bala explosiva. Por que não dizer as coisas como realmente se passaram? Foi uma alegria, uma festa. O capitão

Zavattari nos convidou para uma parada em seu comando e abriu garrafas de bebida. Copo na mão, ele tomou a palavra:

– Senhores oficiais! Seja permitido a um representante do Ministério da Instrução Pública, e um capitão veterano, levantar um brinde à fortuna do nosso exército. Imitando as belas tradições de alguns povos fortes, nos quais os parentes celebram a morte de um membro da família com banquetes e danças, nós, não podendo fazer melhor, bebemos à memória do nosso general. Não lágrimas, senhores, mas uma alegria, convenientemente contida. A mão de Deus desceu sobre o Altiplano de Asiago. Sem querer criticar o atraso com que a Providência exerce sua vontade, devemos, entretanto, afirmar que já era tempo. Ele partiu. A paz esteja com ele! Com ele a paz, e conosco a alegria. E que nos seja enfim consentido respeitar morto um general que detestávamos vivo.

Estávamos todos com os copos levantados, quando, na estradinha proveniente de Croce de Sant'Antonio, entre os ciprestes, apareceu um oficial montado. Eu estava de frente para a estrada e fui o primeiro a vê-lo. Ele vinha em nossa direção. Exclamei:

– Mas é impossível!

Olhamos todos. Era o general Leone. Sobre a mula, o capacete afundado até os olhos, o bastão alpino preso à sela, o binóculo pendurado no pescoço, o rosto escuro, vinha trotando ao nosso encontro.

– Senhores oficiais, sentido! – gritou o capitão.

Sem ter tempo de depositar os copos nos pusemos em posição de sentido. Até o capitão estava imobilizado, rígido, com o copo na mão.

– Qual o feliz acontecimento que festejam? – perguntou, asperamente, o general.

O embaraço tomou conta de todos. O capitão recompôs-se e respondeu com uma voz que dava a impressão de vir de além-túmulo:

– A medalhas de ouro por valor militar concedidas aos dois regimentos.

– Permitam-me que eu beba com os senhores – disse o general.

O capitão ofereceu-lhe o seu copo, ainda intacto. O general bebeu de um só gole, restituiu o copo vazio, incitou a mula e desapareceu trotando.

No dia seguinte a ação seria em conjunto com a artilharia. Duas baterias de campo abriram brechas nas barreiras, produziram estragos em partes das trincheiras inimigas, e o Primeiro Batalhão conseguiu passar com duas companhias. Uma centena de prisioneiros caiu em nossas mãos, mas a trincheira ocupada, batida nos flancos pelo fogo inimigo, teve de ser abandonada. A ação não tinha tido êxito senão parcialmente, e só naquele ponto.

O meu batalhão era de reserva e assisti à ação conduzida pelo Segundo Batalhão, que se deu com um ataque muito mais à direita, sob os grandes rochedos de Casara Zebbio Pastorile. Essa tinha sido uma variante imposta pelo comandante da divisão, o qual pensava que, naquele ponto, não se deveria empregar artilharia, mas tentar ainda uma vez o assalto de surpresa. Duas baterias não eram, de qualquer maneira, suficientes para o *front* de toda uma divisão, e era necessário renunciar. O general não tinha perdido a confiança nas couraças "Farina". Pensava que uma companhia couraçada devia constituir, avançando compacta, uma avalanche de aço contra a qual seria vão qualquer tiro do inimigo. O tenente-coronel Carriera foi o único a se entusiasmar com o projeto e o seu batalhão foi chamado para segui-lo.

Eu estava na trincheira, espectador, ao lado do comando do Primeiro Batalhão. A Sexta Companhia, comandada pelo tenente Fiorelli, vestiu as couraças. Ela deveria avançar primeiro e as outras companhias, segui-la. O tenente, também com uma couraça, saiu das nossas trincheiras na frente, e a companhia atrás dele. A ação não durou mais do que poucos minutos. As metralhadoras inimigas do alto dos rochedos atacaram a companhia e a destruíram. A companhia não tinha conseguido dar mais que alguns passos fora de nossas trincheiras. Diante de nós jaziam os corpos dos soldados, com as couraças destroçadas, como se tivessem sido atingidas por canhõezinhos de montanha. O tenente-coronel teve que suspender a ação.

A distância entre as nossas trincheiras e os rochedos no ponto em que a Sexta Companhia tinha saído não era inferior a duzentos metros. Tirando proveito da vegetação, fez-se uma tentativa de recolher de volta os feridos. Enquanto o tenente-coronel olhava os primeiros feridos que chegavam à trincheira, desprotegeu-se diante da brecha praticada para o assalto, e foi ferido no braço. Lançou um grito e caiu desmaiado.

A ferida não parecia grave, mas o braço tinha sido atravessado de lado a lado. Ele era grande e troncudo, mas assim, estendido por terra, atravancava toda a trincheira e parecia imensamente maior e mais corpulento. Sobre seu rosto tinha descido uma palidez de cadáver e, por um momento, deu a impressão de ter morrido. Seus soldados reuniram-se em torno dele e o reanimaram com borrifos de água. Ele respirava com violência e rangia os dentes. Disse umas palavras sem abrir os olhos. Seu submajor, o professor de grego, encostou em sua boca um cantil com conhaque, que ele tomou inteiro. Eu não estava tão perto dele mas fui capaz de ouvir o som que fazia ao engolir, de tal forma ruidoso que me pareceu água despejada num funil.

Os feridos continuavam a ser transportados para a trincheira. O tenente-coronel, amparado por dois soldados, as costas apoiadas no parapeito, conseguiu sentar-se. Um enfermeiro enfaixava seu braço. Sem abrir os olhos ele perguntou numa voz de criança:

– Que horas são?

– Dez – disse o submajor.

– Que horas eram quando fui ferido?

– Faltava talvez um quarto para as dez.

O capitão da Quinta, o mais idoso do batalhão, perguntou se devia assumir o comando do batalhão.

– Não – respondeu o tenente-coronel, sempre de olhos fechados –, eu ainda comando o batalhão.

Perguntou sobre o andamento das ações e deu algumas ordens.

O tenente Fiorelli também tinha sido transportado de volta à linha. Ele trazia, na altura das costas, a couraça dilacerada: teria sido possível penetrá-la com uma mão. Liberado penosamente de todo aquele aço inútil, foi possível enfaixá-lo. Tinha a clavícula e o úmero despedaçados.

De tempos em tempos o tenente-coronel perguntava as horas. Às dez e um quarto rogou ao submajor que se aproximasse e lhe ditou, os olhos sempre fechados, a seguinte proposta que soava mais ou menos assim:

"Do comando do Segundo Batalhão do 399º de Infantaria.

Ao comando do 399º de Infantaria.

O abaixo-assinado tenente-coronel Carriera cavaleiro Michele, comandante do Segundo Batalhão do 399º de Infantaria, tem a honra de chamar a atenção desse comando para a conduta do tenente-coronel Carriera cav. Michele durante o combate de 17 de agosto de 1916. Ferido gravemente no braço, enquanto conduzia seu batalhão ao ataque, malgrado a forte perda de sangue e grandes sofrimentos, recusou-se a ceder o comando do batalhão e a deixar-se transportar ao posto de medicamentos. Com heroica firmeza, indiferente ao perigo, quis permanecer em meio aos seus soldados e continuar a dirigir a ação, tomando todas as disposições necessárias. Só depois de meia hora, seguro do bom andamento das operações, e dadas a seu sucessor as ordens para prossegui-las, entregou o comando do batalhão e o abandonou.

Por tal atitude, contemplada no R. D. de 1848, o abaixo--assinado tem a honra de propor a esse comando o tenente--coronel Carriera cav. Michele para uma medalha de prata por valor militar. Admirável exemplo aos subordinados de coragem e de espírito de sacrifício etc. etc.

O tenente-coronel em S.A.P.

Comandante do Segundo Batalhão"

Só nesse momento abriu os olhos. Tomou a caneta e assinou: Michele Carriera. E fechou os olhos de novo.

O capitão da Quinta assumiu o comando do batalhão e transportadores afastaram-se levando o tenente-coronel numa maca. O professor de grego tinha permanecido em pé, o papel e a caneta nas mãos, ele também estupefato. Depois de um momento de reflexão declarou, escrupuloso:
– Me esqueci da data.
E acrescentou: Casara Zebio, 17 de agosto de 1916.
Enquanto se desenvolvia essa extraordinária operação burocrática, a trincheira ia se enchendo de feridos. Os austríacos continuavam atirando sobre todo o *front*, porque o combate continuava ainda no setor. Fazia pouco que o tenente-coronel tinha se afastado quando chegou na trincheira o aspirante médico do meu batalhão, enviado pelo seu tenente médico para praticar primeiros socorros e procedimentos de urgência na própria linha. Estudante de medicina na Universidade de Nápoles ele não era ainda médico. O fragor da guerra o aterrorizou. Sobre o parapeito viu uma couraça abandonada e, ignorante da experiência pela qual tinham passado as couraças, tentou vesti-la. Alguém lhe fez ver as outras, algumas que os feridos ainda vestiam, furadas como camisas de algodão. Daquele momento em diante, esquecida sua missão, ele não entendeu mais nada. A parede da trincheira era alta, mais alta do que ele, mas ele caminhava curvado, o olhar perdido, tropeçando nos feridos.
– Presta atenção nos feridos e se ocupe deles! – gritou-lhe irado um tenente do batalhão.
O aspirante o encarou com um sorriso desesperado. Incapaz de se manter em pé, deixou-se cair por terra e continuou, andando de quatro, apoiando-se nas mãos e nos pés.
– Alarme! – alguém gritou da extrema direita da nossa trincheira. – Alarme! Alarme!
Foi uma correria desordenada e confusa. O batalhão atirou-se às seteiras, e as nossas metralhadoras, que até aquele momento não tinham ainda disparado, abriram fogo. Eu também fui até uma seteira e vi uma coluna austríaca que tinha descido dos rochedos, no limite do declive, e atacava o

extremo flanco da nossa trincheira. Interrompida por nosso ataque imprevisto, ela sumiu entre as rochas. Quando a calma se restabeleceu e procuramos o aspirante médico, percebemos que tinha desaparecido.

 Meia hora depois, voltando para o meu batalhão, passei no posto médico, para onde tinha sido transportado o tenente Fiorelli. Tínhamos nos conhecido em Padova, onde ele era estudante de engenharia, e eu queria saber o estado de seus ferimentos. Enquanto passava por uma das estradinhas, de uma caverna lateral, chegou-me a voz alegre de um canto acompanhado de um bandolim. Estaquei perplexo. Quem podia cantar tão alegremente num dia de batalha, entre mortos e feridos? Sabia que aquela caverna servia como uma espécie de depósito de medicamentos. Aproximei-me e levantei a lona que fechava a entrada. Do fundo, uma vela iluminava o antro. Perto da vela, sentado sobre uma caixa de remédios, estava o aspirante médico. Era ele, sozinho, que cantava e tocava o bandolim. Duas garrafas de "Mandarinetto" estavam ao seu lado: uma vazia, outra pela metade.

A mare chiare ce sta 'na fenestra
A mare chiare
A mare chiare

 Entrei. Com os olhos arregalados, o aspirante cessou o canto e o bandolim caiu-lhe das mãos. Olhava-me apavorado como se tivesse visto um fantasma.

 Entre aspirantes nos tratávamos de "você". Mas eu, para marcar ainda mais o desprezo e a distância hierárquica, investi contra ele:

 – O senhor, senhor aspirante, não tem vergonha? É esse o seu posto?

 Em posição de sentido, mas curvo, porque a cabeça batia no alto da caverna, ele não me respondia:

 – Foi o senhor – urrei – que bebeu essas garrafas?

 Com um fio de voz e uma expressão suplicante, respondeu-me:

 – Sim, Excelência.

XVIII

Nos dias de calma que se seguiram espalhou-se pela brigada o boato de que seríamos finalmente mandados para um descanso. Entre nós não se falava de outra coisa. O comandante da divisão foi informado disso e respondeu com uma ordem do dia que terminava assim: "Sabemos todos, oficiais e soldados, que, fora da vitória, o único descanso é a morte". De descanso não se falou mais.

O acontecimento não teve repercussões na história da guerra, mas, para a compreensão destas notas, devo informar ao leitor que fui promovido a tenente comandante titular da companhia. Tenente com a insígnia de chefe de serviço, como se dizia naquela época. Tomei o comando da Décima Companhia, na qual tinha servido desde o início da guerra e que esteve sob meu comando na região do Carso.

Quase como para festejar minha promoção, os austríacos instalaram um canhãozinho de trincheira, e dispararam alguns tiros contra a trincheira ocupada pela minha companhia. Ao recolher uma granada que não explodiu, compreendemos que se tratava de um canhãozinho de calibre 37 mm. A peça disparava poucos tiros seguidos, ora sobre uma seteira, ora sobre outra, e a companhia teve duas sentinelas feridas. Malgrado nossos esforços para descobrir sua localização exata, não conseguimos saber se estava numa trincheira ou em alguma outra posição mais recuada.

Todos os dias em horas diferentes e com tiros de surpresa o canhãozinho perturbava a linha. O comandante de divisão ouviu aqueles tiros e pediu explicações. O comando de brigada deu todas as explicações que ele mesmo tinha recebido. O general não ficou satisfeito e apareceu na trincheira.

Naquele momento eu estava no *front*. Minha companhia ocupava a direita do setor do batalhão e se estendia até poucos metros da seteira nº 14, que constituía o ponto mais elevado. Mais à direita e imediatamente depois, coligada à minha companhia, ficava a seção de metralhadoras com as duas armas comandadas pelo tenente Ottolenghi. Dele dependia a extremidade direita do setor.

O general Leone, sem passar pelo comando de batalhão, veio diretamente para a trincheira. Eu o vi e fui-lhe ao encontro.

Ele me pediu imediatamente notícias do canhãozinho. Disse-lhe o que sabia. Terminada minha explicação, cumulou-me de perguntas e eu admirei ainda uma vez seu interesse pelos detalhes e seu desejo de controle matemático. Quis fazer o controle, uma a uma, longamente, de umas cinquenta seteiras e permaneceu no setor da minha companhia não menos do que uma hora.

– As suas seteiras – disse por fim – olham para o chão, como as ratoeiras do Palazzo della Signoria – e parecem feitas mais para procurar grilos do que para observar as trincheiras inimigas.

Eu evitei sorrir. Ele falava com ar grave. Expus, todavia, as razões pelas quais, no meu setor as seteiras não podiam ter sido construídas diversamente, por causa dos acidentes do terreno, das árvores e das rochas em frente.

– O defeito não é dos construtores, mas da natureza do solo. Veja, senhor general, esta seteira. Se deslocamos o campo de tiro mais para a esquerda, vamos nos deparar com aquele pinheiro no fundo, e não vemos mais nada. Se deslocamos mais para a direita somos impedidos por aquela rocha. Também não podemos elevá-la mais porque batemos contra os galhos.

O general olhou tudo, sem se impacientar. De vez em quando servia-se do binóculo.

– O senhor tem razão – disse-me por fim. – Não se podem construir seteiras como gostaríamos. Mas como faço para descobrir onde está esse canhãozinho irritante? Quero reduzi-lo ao silêncio com a minha artilharia.

O general mostrava-se razoável e moderado. Quando chegamos à última seteira do meu setor tornou-se até mesmo cortês.

– Eu o vi pela primeira vez no Monte Fior, me parece.
– Sim, senhor general.
– O senhor pode se considerar afortunado. Não morreu ainda.
– Não, senhor general.

Para minha grande surpresa ele sacou uma cigarreira e me ofereceu um cigarro. Mas ele não acendeu o seu, e eu não me permiti acender o meu.

Tínhamos chegado ao extremo limite da minha companhia. Eu disse:

– Aqui termina o meu setor e começa o setor das metralhadoras. Devo acompanhá-lo ainda?

– Sim, me acompanhe. Obrigado. Tenha a bondade de me acompanhar.

Ele não podia ter sido mais cortês. Eu estava encantado. E se tivesse mudado seu caráter?

Estávamos já no setor de metralhadoras e eu precedia o general. Provavelmente informado, o tenente Ottolenghi vinha ao nosso encontro. Apontei-o ao general e disse:

– Aí está o tenente comandante do setor.

Dei passagem e o general ficou em frente ao tenente Ottolenghi. O tenente se apresentou.

– Mostre-me suas seteiras. O senhor conhece suas seteiras? Faz tempo que está neste setor?

– Faz pouco mais de uma semana, senhor general. Eu mesmo fiz readaptar todas as seteiras. Conheço-as muito bem.

Ottolenghi ia na frente e o general o seguia. Atrás do general vinha eu, mais atrás dois policiais militares com os quais o general tinha ido até a linha, e o meu ordenança. As trincheiras estavam calmas. Durante toda essa expedição o canhãozinho não tinha dado sinal de vida. Somente de vez em quando da linha inimiga partia um tiro de fuzil, ao qual respondiam nossas sentinelas.

Ottolenghi deteve-se entre duas seteiras que ele classificou de secundárias, e disse:

– Não são seteiras de observação. São para disparos por baixo de nossas barreiras.

O general observou longamente uma e outra.

– São seteiras que não servem nem para observação nem para disparos – concluiu. – O senhor me fará o favor de mandar destruí-las. Faça construírem outras. Onde estão as seteiras principais?

O general tinha voltado ao seu tom autoritário.

– Aqui adiante temos a mais bela seteira de todo o setor – respondeu Ottolenghi. – Vê-se todo o terreno à frente e toda a linha inimiga, em todas suas partes. Não creio que exista seteira melhor. É aqui. Seteira nº 14.

"Seteira nº 14?", pensava eu comigo mesmo. Como não tinha estado naquele setor por vários dias, concluí que Ottolenghi tivesse abolido alguma seteira, deslocado os números e atribuído o número 14 a uma outra seteira.

Na primeira curva da trincheira Ottolenghi deteve-se. Nenhuma modificação tinha sido feita nas seteiras da trincheira. Eram exatamente as mesmas. Destacada das outras, além da curva, elevada sobre as demais e bem em relevo, estava a seteira nº 14, com seu escudo de aço. Ottolenghi tinha parado um pouco além da seteira, de modo a deixá-la entre o general e ele.

– Aí está – disse ao general, levantando e deixando cair rapidamente o obturador. – O orifício é pequeno e não permite mais do que um observador.

Produzi um ruído, batendo o bastão contra as pedras para chamar a atenção de Ottolenghi. Procurava seus olhos para fazer algum sinal que o fizesse desistir. Ele não me olhou. Claro que compreendeu, mas não quis me olhar. Seu rosto estava pálido. Meu coração martelava.

Instintivamente abri a boca para chamar o general. Mas não disse nada. Minha comoção, talvez, tenha me impedido de falar. Não quero diminuir em nada aquela que pode ter sido, naquele momento, a minha responsabilidade. Estava-se por matar o general, eu estava presente, podia impedir, e não disse uma palavra.

O general colocou-se em frente à seteira. Avizinhou-se do escudo, inclinou a cabeça quase tocando o aço, levantou o obturador e aproximou o olho do orifício. Fechei os olhos.

Quanto durou aquela espera não saberia dizer. Mantinha sempre os olhos fechados. Não ouvi disparo. O general disse:

– É magnífico! Magnífico!

Abri os olhos e vi o general ainda na seteira. Sem sair da posição ele falava:

– Sim, agora me parece... que o canhãozinho esteja colocado na trincheira me parece difícil... talvez sim... onde a trincheira tem a linha irregular é possível... mas não creio... como se vê bem!... Bravo tenente!... É provável que esteja colocado atrás da trincheira, poucos metros atrás... no bosque...

Ottolenghi sugeria:

– Olhe bem, senhor general, à esquerda, onde há uma forma branca, consegue vê-la?

– Sim, vejo, é muito clara. Tudo é muito claro.

– Eu tenho a impressão de que o canhãozinho está lá. Não se nota bem. Não se vê fumaça, mas o barulho vem de lá. Vê?

– Sim, vejo.

– Olhe bem, não se mova.

– É provável... é provável...

– Se o senhor me permite, agora pedirei um pouco de ação à nossa linha. Farei disparar uma metralhadora. É fácil que, como represália, o canhãozinho dispare.

– Sim, tenente, peça que disparem.

O general afastou-se da seteira e deixou cair o obturador. Ottolenghi deu ordens para que uma metralhadora disparasse. Pouco depois a metralhadora abriu fogo. O general chegou-se de novo à seteira e levantou ainda uma vez o obturador.

O canhãozinho não disparou. Da trincheira inimiga veio como resposta apenas alguns tiros de fuzil. Por duas ou três vezes o general afastou o rosto da seteira para dirigir-se a Ottolenghi, e a luz do sol atravessava o orifício. Enquanto a metralhadora disparava, o general olhava ora com o olho esquerdo, ora com o direito.

O barulho dos tiros isolados e os tiros da metralhadora não despertaram o atirador atrás do cavalete.

O general abandonou a seteira. Ottolenghi estava contrariado.

– Farei explodir algumas granadas – propôs ao general. – Seria bom que o senhor continuasse olhando.

– Não – respondeu o general –, por hoje basta. Bravo, tenente! Amanhã mandarei aqui meu chefe de estado-maior para que tome conhecimento com exatidão das posições inimigas. Até a vista.

Apertou nossas mãos e se afastou seguido dos dois policias militares. Nós ficamos sós.

– Mas é louco! – exclamei.

O meu mensageiro estava a poucos passos. Dava a impressão de não olhar nem ouvir nada.

Ottolenghi nem ao menos me respondeu. Seu rosto tinha se tornado vermelho e ele dava voltas em torno de si mesmo.

– Quer apostar que, se eu abro agora a seteira, aquele imbecil de atirador acorda?

Tirou do bolso uma moeda de dez centavos, segurou ligeiramente a extremidade entre o polegar e o indicador, ergueu o obturador e a encostou no orifício. Um facho de sol iluminou o buraco. E tudo aconteceu ao mesmo tempo: o sibilar da bala e o tiro de fuzil. A moeda arrancada pelo tiro, voou entre os ciprestes.

Ottolenghi parecia ter perdido qualquer controle sobre si mesmo. Furioso, pisoteava o chão, mordia os dedos e blasfemava.

– E agora quer nos mandar o chefe de estado-maior!

Naquela noite desmontamos a seteira nº 14.

XIX

Não se falava mais de novos ataques. A calma dava a impressão de, por longo tempo, ter descido sobre a amplidão do vale. De um lado e de outro as posições reforçavam-se. Os sapadores trabalhavam durante toda a noite. O canhãozinho de 37 mm continuava a nos incomodar, sempre invisível. Ficava dias inteiros sem disparar um tiro, depois, de surpresa, abria fogo contra uma seteira e feria alguma sentinela.

O meu batalhão continuava na linha e estávamos na expectativa de que o batalhão de reserva nos substituísse. Eu queria dar indicações precisas ao comandante da divisão que iria nos substituir. Dia e noite funcionava um serviço especial de observação, na esperança de que o brilho do disparo ou o movimento dos encarregados do canhão, traíssem o lugar onde estava a peça.

Na noite precedente àquela da substituição, uma vez que o serviço de observação não tinha dado nenhum resultado, eu mesmo, acompanhado de um cabo, decidi envolver-me na observação. O cabo tinha saído muitas vezes em patrulha e tinha conhecimento do terreno. A lua iluminava o bosque e, ao surgir algum raro sinalizador, a luz repentina dava uma aparência de movimento à floresta. Era sempre difícil distinguir se se tratava de uma ilusão ou não. Podiam ser homens que se deslocavam, e não árvores que, pela velocidade da passagem da luz dos sinalizadores através dos galhos, pareciam em movimento. Nós dois tínhamos saído pela extremidade esquerda da companhia, no ponto em que as nossas trincheiras estavam mais próximas das trincheiras inimigas. Caminhando abaixados, acabamos por nos colocar atrás de um arbusto a uns dez metros além da nossa linha e a uns trinta da linha de frente austríaca. Um ligeiro aclive separava nossas trincheiras dos arbustos, que, um pouco mais elevados, dominavam a trincheira inimiga.

Estávamos lá imóveis, indecisos entre continuar a avançar ou deter-nos, quando notamos um movimento nas trincheiras austríacas à nossa esquerda. Naquele pedaço da trincheira não havia árvores: não era, portanto, possível que se tratasse de uma ilusão ótica. De qualquer maneira constatamos que estávamos num ponto de onde se podia observar a trincheira inimiga por inteiro. Um lugar como aquele não tínhamos ainda descoberto em nenhum outro ponto. Decidi então permanecer ali por toda a noite para poder observar o despertar da trincheira inimiga nos primeiros raios da manhã. Que o canhãozinho disparasse ou não me era agora indiferente. O essencial era conservar aquele inesperado posto de observação.

Os arbustos e a elevação nos escondiam e protegiam tão bem que decidi ligá-los à nossa trincheira e fazer daquele local um posto de observação permanente. Mandei de volta o cabo e pedi a presença de um sargento dos sapadores, ao qual dei as indicações necessárias para o trabalho. Em poucas horas, entre os arbustos e a nossa trincheira, foi escavado um caminho de comunicação. O barulho do trabalho foi coberto pelo barulho dos tiros ao longo da nossa trincheira. O caminho não era alto mas permitia a passagem segura, mesmo de dia, a um homem que caminhasse bem inclinado. A terra escavada foi levada de volta à trincheira e da escavação não ficou traço aparente. Pequenos ramos e arbustos espalhados completaram o mascaramento.

Sob o abrigo dos arbustos eu e o cabo ficamos emboscados toda a noite sem conseguir distinguir sinais de vida na trincheira inimiga. Mas a aurora compensou-nos pela espera. Primeiro foi um movimento confuso de sombras nas veredas da trincheira, depois apareceram soldados com marmitas. Era, certamente, a hora do café. Os soldados passavam, só ou em duplas, sem curvar-se, seguros como estavam de não serem vistos, certos de estarem protegidos pela trincheira e pelos travessões laterais da visão e dos tiros contínuos da nossa linha. Eu nunca tinha visto um espetáculo parecido. Lá estavam eles, os austríacos: próximos, quase se podia tocá-los, tranquilos, como quem passeia pelas calçadas de uma cidade. Experimentei uma sensação estranha. Apertava forte o braço do cabo que tinha à minha direita para comunicar-lhe, sem falar, meu assombro. Ele também estava atento e surpreso e eu sentia o frêmito, resultado de sua respiração por longo tempo interrompida. Uma vida desconhecida mostrava-se inesperadamente aos nossos olhos. Aquelas trincheiras que tínhamos atacado tantas vezes inutilmente, tão viva era a resistência, tinham acabado por nos parecer inanimadas, lúgubres, desabitadas de gente viva, refúgio de fantasmas misteriosos e terríveis. Agora se mostravam diante de nós na sua verdadeira vida. O inimigo, o inimigo, os austríacos, os austríacos!... Eis aí os inimigos, e eis aí os austríacos. Homens e soldados como nós, feitos como nós, em uniforme como nós, que nesse momento se moviam, falavam e tomavam café, exatamente como estavam fazendo atrás de nós, nessa mesma hora, nossos próprios companheiros. Coisa estranha. Uma ideia dessas nunca tinha me ocorrido. Agora estavam tomando café. Curioso! E por que não deveriam tomar café? Por que, então, me parecia extraordinário que tomassem café? E, lá pelas dez ou onze, consumiriam também o rancho, exatamente como nós. Por acaso o inimigo pode viver sem beber e sem comer? Certamente não. E então, qual a razão do meu estupor?

Estavam tão próximos que podíamos contá-los um por um. Na trincheira, entre dois travessões, havia um espaço circular onde alguém de tanto em tanto se detinha. Dava para entender que falavam, mas a voz não chegava até nós. Aquele espaço devia ficar de frente para um abrigo maior que os outros, porque havia ao redor dele maior movimento. O movimento cessou com a chegada de um oficial. Via-se que era um oficial pelo modo como estava vestido. Vestia sapatos e polainas de couro amarelo e o uniforme parecia novíssimo. Provavelmente era um oficial recém-chegado, talvez apenas saído da escola militar. Era muito jovem e o loiro dos cabelos deixava-o ainda mais jovem. Parecia não ter sequer dezoito anos. Com a sua chegada os soldados afastaram-se e no espaço circular não restou senão ele. A distribuição do café deveria começar naquele momento. Eu via apenas o oficial.

A guerra, eu a fazia desde o início. Fazer a guerra por anos significa adquirir hábitos e mentalidade de guerra. A grande caça entre homens não era muito diferente de qualquer outra caça. Eu não via um homem. Via apenas o inimigo. Depois de tantas esperas, tantas patrulhas, tanto sono perdido, ele passava, de surpresa. A caça tinha sido bem-sucedida. Maquinalmente sem um pensamento, sem um desejo preciso, mas assim, só por instinto, levei a mão ao fuzil do cabo. Ele não opôs resistência e eu me apoderei do fuzil. Se estivéssemos deitados por terra, como em outras noites, estendidos atrás dos arbustos, é provável que eu tivesse atirado imediatamente, sem perder nem um segundo. Mas estava apoiado num joelho, no fosso escavado, e os arbustos estavam diante de mim protegendo-me. Estava como em um exercício de tiro e podia procurar a posição mais cômoda para mirar. Apoiei bem os cotovelos no chão e comecei a mirar.

O oficial austríaco acendeu um cigarro. Agora fumava. Aquele cigarro criou uma inesperada relação entre mim e ele. Ao ver a fumaça, imediatamente senti vontade de fumar. Esse desejo fez-me pensar que eu também tinha cigarros. Foi apenas um segundo. O meu ato de mirar que era automático, virou racional. Fui levado a pensar que mirava, e mirava alguém. O dedo que pressionava o gatilho suavizou a pressão. Pensava. Era obrigado a pensar.

Sem dúvida, eu fazia a guerra conscientemente, e a justificava política e moralmente. A minha consciência de homem e cidadão não estava em conflito com os meus deveres militares. A guerra era, para mim, uma dura necessidade, terrível certamente, mas à qual obedecia como a uma das tantas necessidades ingratas, mas inevitáveis, da vida. Portanto, eu fazia a guerra e tinha soldados sob meu comando. Nessa condição eu a fazia, moralmente, duas vezes. Tinha tomado parte em tantos combates. Que eu atirasse contra um oficial inimigo era, assim, um fato lógico. Eu exigia, aliás, que meus soldados prestassem atenção em suas tarefas de sentinela e atirassem bem se o inimigo se desprotegesse. Por que, então, não atirava naquele oficial? Tinha o dever de atirar. Sentia que tinha o dever de fazê-lo. Se não tivesse sentido que se tratava de um dever, teria sido monstruoso que eu continuasse fazendo a guerra, e incitando outros a fazê-la. Não, não havia dúvida, eu tinha o direito de atirar.

E, no entanto, não atirava. O meu pensamento desenvolvia-se com calma. Definitivamente não estava nervoso. Na noite anterior, antes de sair da trincheira, tinha dormido quatro ou cinco horas: sentia-me muito bem. Atrás dos arbustos, no fosso, não me sentia ameaçado por nenhum perigo. Não teria estado mais calmo na sala da minha casa, em minha cidade.

Talvez fosse aquela calma completa que afastava a guerra do meu espírito. Tinha diante de mim um oficial, jovem, sem consciência do perigo iminente. Não havia como errar o tiro. Teria podido disparar mil tiros àquela distância sem errar nenhum. Bastava que apertasse o gatilho: ele estaria no chão, abatido. A certeza de que sua vida dependia da minha vontade fez-me hesitante. Tinha diante de mim um homem. Um homem!

Um homem!

Podia distinguir-lhe os traços do rosto e os olhos. A luz do alvorecer fazia-se mais clara e o sol apontava no cume dos montes. Atirar assim num homem, a poucos passos... como num animal selvagem!

Comecei a pensar que talvez não atirasse. Pensava. Conduzir ao ataque cem homens, ou mil, contra cem outros, ou outros mil, é uma coisa. Pegar um homem, isolá-lo do resto dos homens e depois dizer: "Não se mexa, eu te dou um tiro, eu te mato" é outra. É absolutamente outra coisa. Fazer a guerra é uma coisa, matar um homem é uma outra coisa. Matar um homem assim é assassinar um homem.

Não sei até que ponto meu pensamento seguia lógico. O certo é que tinha abaixado o fuzil e não disparava. Tinham-se formado em mim duas consciências, duas individualidades, uma hostil à outra. Dizia a mim mesmo: "não será você que matará um homem desse modo!"

Eu mesmo, que vivi aqueles instantes, não estaria agora em condições de refazer o exame daquele processo psicológico. Havia um salto que eu, hoje, não vejo mais claramente. E me pergunto ainda como eu, tendo chegado àquela conclusão, podia pensar em fazer outro executar aquilo mesmo que eu próprio não me sentia convencido a cumprir. Tinha apoiado o fuzil no chão, enfiado entre a vegetação. O cabo estava muito próximo, ao meu lado. Devolvi a ele o fuzil e disse-lhe, quase sem abrir a boca:

– Sabe... assim... um homem só... eu não atiro. Você é capaz?

O cabo retomou o fuzil e me respondeu:

– Não, eu também não.

Voltamos, andando abaixados, para a trincheira. O café já estava sendo distribuído e também nós o tomamos.

De tarde, logo que escureceu, o batalhão de reforço substituiu-nos.

XX

As operações pareciam ter sofrido, por ordem superior, uma interrupção. Ações se desenvolviam em outras frentes, no Carso principalmente. Sobre o Altiplano tinha voltado a calma. Na metade de setembro a brigada foi enviada para repouso, perto de Foza, por quinze dias. Recebemos finalmente uniformes e roupa de baixo e isso nos renovou. Aqueles quinze dias para todos nós na verdade foram como quinze noites. Não fizemos mais do que dormir.

Em outubro, ao aproximar-se o inverno, que em alta montanha começa a partir do outono, começaram os turnos de trincheira, tétricos e monótonos. Apesar de tudo, não eram piores que a vida que, todos os dias e em tempos normais, levam milhões de mineiros nas regiões minerais da Europa. De vez em quando um ferido, raramente um morto. Excepcionalmente, a explosão de um grosso calibre ou de um lança-granadas de trincheira provocava uma catástrofe, assim como a explosão de grisu – o gás inflamável – num poço. E a vida recomeçava sempre igual. Trincheira, repouso a um quilômetro, trincheira. O frio, a neve, o gelo, as avalanches, não tornavam a guerra mais dura para homens válidos. São elementos que conhecem bem, em tempos de paz, todos que vivem em alta montanha e nas regiões de neve permanente. A guerra para a infantaria é o ataque. Sem assalto, há trabalho duro, não guerra.

Por isso, de todos aqueles meses, todos iguais, eu não apenas não tenho uma vaga recordação – não tenho recordação alguma. Como os anos de infância passados no colégio. Devo, portanto, saltar meses inteiros e me deter somente em episódios, mesmo de poucos minutos, que vivi intensamente e que estão ainda profundamente gravados na minha memória.

O general Leone, promovido a um comando superior, deixou a divisão. Nós festejamos por uma semana. O seu sucessor, general Piccolomini, chegou quando a brigada estava no *front*. Ele quis apresentar-se imediatamente às suas tropas e visitar as trincheiras.

A minha companhia estava na linha, no mesmo setor da direita. Um mensageiro do comando do batalhão avisou-me previamente e eu fui ao seu encontro. O general Leone era espectral e rígido; o novo general, álacre e saltitante. Na rápida comparação que fiz entre os dois, o general Piccolomini pareceu-me o melhor dos homens.

De onde vinha não lembro, provavelmente da direção de alguma escola militar, porque tinha um espírito pedagógico, inclinado para o teórico. Esperava perguntas sobre meus soldados, sobre os veteranos, sobre a moral dos destacamentos, sobre as trincheiras, sobre o inimigo. Com algo de um examinador, disse-me:

– Vejamos um pouco, tenente. Ouçamos como o senhor definiria vitória. Quero dizer a nossa vitória, a vitória militar.

Uma pergunta como aquela pegou-me de improviso. Esbocei um sorriso inteligente, um sorriso típico de quem, não tendo entendido nada, mas achando inoportuno dizer: "eu não entendi nada, tenha a bondade de explicar-se", sorrindo, quer fazer crer ao interlocutor que entendeu, mas de modo tão discreto que é como se não tivesse entendido.

O general repetiu:

– A vitória. Me explico ou não me explico? Nós combatemos para vencer ou para perder? Evidentemente para vencer.

– Naturalmente.

– Muito bem, a ação de vencer é a vitória. Eu gostaria que o senhor me definisse essa vitória.

Agora eu tinha entendido, até demais. E pensava, não digo com saudade, mas com menos terror, no general Leone que, nos últimos tempos, não tinha mais dado sinal de vida e parecia ter recuperado o bom senso.

O general insistia. Eu devia decidir-me a dar uma resposta:

– Não saberia dizer, senhor general. O jurisconsulto Paulo afirma... afirma... que todas as definições são perigosas – e, sem orgulho, antes com certa timidez, ousei apoiar a citação com uma frase latina, uma das raras que tinham ficado dos meus estudos jurídicos.

Diante da frase latina o general ficou um pouco perplexo. Não esperava por isso. Ele tinha me surpreendido com a vitória, mas eu também o tinha surpreendido com Paulo. Para recompor-se falou decididamente:

– Não sou padre e jamais estive em seminário. Por isso não conheço latim.

Pareceu-me prudente permanecer calado.

– Deixemos de lado São Paulo. E a vitória? A vitória? – insistia o general.

Ele constatou com satisfação que eu não estava em condições de me pronunciar, e quis, ele próprio vir em meu auxílio. Definiu a vitória com palavras tiradas provavelmente de um tratado militar, que eu agora não lembro, no qual entrava a expressão "impulso de nervos". O general distinguia a vitória na ofensiva e a vitória na defensiva. Na primeira o "impulso de nervos" era, em tempo hábil, lançado; na segunda era, em tempo hábil, freado.

Eu pensava: esperemos que na prática ele seja melhor que o general Leone. O general tirou-me das minhas reflexões:

– Aposto que, em todo seu batalhão, não haja um só oficial que conheça essa definição capital.

Eu pensei: "espero que não haja mesmo". Mas disse:

– É provável, senhor general.

Ao longo da trincheira não se ouviam mais que alguns raros tiros de fuzil. O general caminhava esguio e seguro e eu o precedia. Era claro que ele não tinha nenhuma das preocupações concernentes à incolumidade pessoal, comum a todos que não estão habituados a viver nas trincheiras. Mas seu pensamento devia estar sempre fixo na teoria da guerra. Cada vez que parava dizia-me:

– Sim, sim, nesta brigada se faz a guerra mas se pensa pouco. Ignorar as noções mais elementares! Um oficial!

Eu não respondia.

– Atenção, senhor general, curve-se. Por aqui atiram.

– Deixe que atirem – respondeu-me com desdém.

Passou, apenas curvando-se, de maneira insuficiente. Um tiro de fuzil nos advertiu que era necessário sermos mais prudentes. Ele parou e disse:

– Quero eu também responder alguma coisa àquela gente.

Detenve um dos soldados do serviço de transporte que passavam e pediu-lhe o fuzil. Deu alguns passos à frente e parou na seteira mais próxima. A seteira não era das melhores. Tinha sido construída para controlar um trecho das nossas barreiras onde a irregularidade do terreno favorecia a aproximação dissimulada de patrulhas inimigas. O trecho que aquela seteira dominava era bem distante das trincheiras inimigas. Dali não era possível, de maneira alguma, atingir as trincheiras inimigas. Fazia parte daquela categoria de seteiras que o general Leone tinha classificado como apropriadas para procurar grilos.

O general olhou longamente, levantou a alça de mira e apontou com competência. Com calma, descarregou um após outro os seis cartuchos do carregador. Os soldados do transporte tinham parado e olhavam respeitosos. O general dirigiu-se a eles:

– Quis dar, pessoalmente, uma pequena lição àqueles facínoras. Digam aos seus companheiros que o seu general não tem medo de empunhar um fuzil como qualquer soldado.

Estava satisfeito e mesmo um pouco comovido. Os soldados sabiam perfeitamente que aquela não era uma seteira contra as trincheiras inimigas. Eu não considerei necessário fazê-lo compreender que tinha atirado contra o chão, e sobre as nossas próprias barreiras.

Acreditava que a pequena pantomima estivesse terminada quando o general pareceu concentrar sua atenção sobre o cano do fuzil que tinha empunhado. Percebeu que o fuzil não tinha a baioneta engatada, como era obrigatório para os soldados nas trincheiras.

– Onde está a baioneta? – perguntou-me.

Eu lhe expliquei que os soldados comissionados no setor de transporte não traziam nunca a baioneta montada, e que aquele era precisamente um fuzil de um soldado do setor de transporte.

Ele pediu a baioneta. O soldado apressou-se a lhe entregar. O general agarrou-a e olhou a ponta. A baioneta estava bem afiada mas ao longo da ponta havia ferrugem. O general a olhava fixamente. Eu também a olhei e vi imediatamente a ferrugem. Pensei: "aquele preguiçoso do sargento se esqueceu de passar em revista as baionetas"; as coisas iam ficar pretas. Esperava que o general me criticasse, como comandante de companhia responsável, e procurava uma justificativa possível. Mas ele não se preocupava comigo. Depois de ter cuidadosamente examinado a ponta perguntou ao soldado:

– O que é esta coisa aqui?

O soldado percebeu que a baioneta estava suja e ficou vermelho. O general retomou:

– O que é esta coisa? Não fique embaraçado. Venha mais perto. Olhe bem. O que está escrito? Aqui está escrito alguma coisa.

O soldado aproximou-se e olhou atentamente. Nem todos os soldados da companhia sabiam ler. Havia uma forte porcentagem de analfabetos entre os camponeses. Eu pensava: tomara que ao menos saiba ler.

O soldado aparentava saber ler, porque olhava com inteligência. Depois de haver examinado a baioneta de ponta a ponta, respondeu confuso:

– Eu não vejo nada, senhor general.

Eu também olhei bem e não vi nada. Nem sobre a lâmina, nem sobre a ponta havia qualquer coisa escrita. Só ferrugem.

O general bateu a mão nas costas do soldado e exclamou:

– Meu bendito filho! Aqui está escrito uma palavra que todos podem ler, até mesmo os analfabetos; que todos podem ver, até mesmo os cegos, de tal forma é luminosa.

O general virou-se para mim e perguntou:

– Não é verdade, senhor tenente?

Como eu também não tinha visto nada, não podia dizer o contrário. Um pouco embaraçado sacudi a cabeça num gesto dúbio como se dissesse: coloco-me em suas mãos.

Agora o general dirigia-se e falava a toda esquadra de transporte que tinha se apoiado no parapeito, em posição de sentido. Parecia um tribuno:

– Está escrito... vitória. Vitória! Sim, vitória. Compreendem? É pela vitória que nós combatemos dos Alpes ao mar, do Adriático ao Tirreno, do Tirreno a... Vitória! Vitória em nome do Rei... em nome de Sua Majestade o Rei. Vitória em nome...

O general tossiu ligeiramente.

– Em nome...

Como a terceira invocação, entretanto, não vinha, ele tossiu uma segunda e uma terceira vez. Depois, subitamente inspirado, concluiu:

– Viva o Rei!

Na emoção do discurso o general tinha elevado a voz. Os austríacos devem tê-lo ouvido. O canhãozinho calibre 37 mm, sempre invisível, disparou três tiros sobre a trincheira. Para nós não havia perigo algum, pois estávamos todos em lugar seguro. Na posição em que estávamos, o canhãozinho era completamente inofensivo. Não havia nem mesmo sentinelas naquele ponto. O general, que, malgrado isso, não podia ter a nossa certeza, permaneceu imóvel, calmíssimo. Sem se alterar, disse:

– Atira frequentemente?

– Raramente – respondi – e só em represália.

– Talvez tenha querido responder aos meus tiros.

– É possível.

O general tinha devolvido o fuzil e a baioneta. O pessoal do transporte tinha se afastado. Tínhamos ficado sós. Ele se tornou cauteloso e retomou a conversação em voz baixíssima.

– Todos os seus soldados possuem faca?

– Não todos, senhor general. Uns têm, outros não.

– A baioneta não basta. No corpo a corpo, especialmente nos combates noturnos, é preciso a faca. Uma faca bem afiada, bem afiada, bem, bem... me compreende?

– Sim, senhor general.

– Quantas facas há em sua companhia?

Eu não tinha ideia nem mesmo aproximada. Em geral cada soldado tinha uma faca ou um canivete de sua propriedade. Existiam também os que não tinham nada. A experiência tinha me convencido de que, no interesse do serviço, frente a perguntas dessa natureza, é sempre útil responder com cifras. Fiz um cálculo rápido. Na companhia havia cerca de duzentos soldados naquele período.

– Cento e cinquenta facas – respondi.

– De cabo fixo?

– Não senhor, general. Não vi uma só faca de cabo fixo.
– O senhor não passa em revista as facas?
– Não, senhor general. Sendo as facas de propriedade pessoal, não achava necessário.
– De agora em diante, passe-as em revista.
– Sim, senhor.
– Os seus soldado as utilizam frequentemente?
– Sim, senhor.

O general abaixou ainda mais a voz e, aproximando-se mais, perguntou-me quase ao ouvido:
– Para qual uso?

Com o mesmo tom de voz respondi:
– Para cortar o pão...

O general abriu os olhos, redondos, redondos, redondos. Eu não podia voltar atrás.
– A carne... o queijo...

O general devorava-me com os olhos. Eu continuei:
– Para descascar laranjas...
– Não, não – disse o general com um gesto horrorizado. – Mas me diga, e em combate?

Eu me concentrei por um instante até porque a voz muito baixa convidava à meditação. Em combate? Eu não queria comprometer aquela inspeção que, malgrado os numerosos percalços, dava a impressão de que ia terminar bem. Mas, como responder? Em combate! Não tínhamos conseguido atingir os austríacos com fuzis, imagine-se com facas! Em vez de responder, repeti com um fio de voz:
– Em combate?

O pensamento do general corria solto. Ele não percebeu que eu não tinha respondido à sua pergunta. Continuou:
– É evidente que o fuzil com a baioneta engatada deve ser empunhado com as duas mãos. Para não ser atrapalhado é preciso segurar a faca entre os dentes.

E imitou o gesto, colocando entre os dentes o dedo indicador. A original posição em que se encontrava, o olhar que a acompanhava, os pelos do bigode arrepiados sobre os lábios fizeram-me pensar numa lontra com um peixe na boca. Com um aceno de cabeça, mostrei que tinha entendido.

– E o golpe, rápido. No coração ou na garganta, é indiferente. Contanto que se aja rápido.

Concordei novamente, abaixando a cabeça. Era evidente que, quanto menos falasse, tanto melhor as coisas teriam andado.

– É mais indicado ter um único tipo de faca, de cabo fixo, o senhor entende?

– Sim, senhor.

– Fale sobre isso com seu comandante de batalhão.

– Sim, senhor.

O general apertou minha mão num gesto cabalístico, como se entre nós dois se concluísse um misterioso pacto de guerra.

Dias depois ele quis que o comandante de brigada o apresentasse aos oficiais dos dois regimentos. Ao encontro estavam presentes todos os comandantes de companhia e os outros oficiais, liberados do serviço. Ele quis conhecer todos nós e aproveitou a ocasião para uma conferência a céu aberto.

Era um dia magnífico. O altiplano não viu algum mais luminoso.

Depois de algumas frases de saudação aos oficiais e à brigada, o general passou ao tema. A expressão "acordo das inteligências" aparecia frequentemente. Acordo entre a inteligência do chefe e a de seus subordinados; acordo da inteligência da infantaria com a da artilharia; acordo da inteligência dos oficiais e a dos soldados etc. etc. O general empregava muitas definições. Sabia todas de cor. Ouvi de novo, mais uma vez, aquela da vitória com relativa manobra dos nervos. Mas a inteligência constituía o centro do discurso. O general abandonava-se à improvisação.

– Uma inteligência límpida, solar, como a luz deste dia radioso, no qual os átomos infinitos dançam em divino acordo, assim como eu queria que dançassem os oficiais da minha divisão nos dias de batalha.

O discurso frequentemente tornava-se rápido. O general não trazia apontamentos escritos e falava de improviso.

– Uma inteligência à qual é suficiente uma minúscula chave para abrir uma grande porta; uma palavra para deduzir o significado de uma ordem; uma intuição para compreender, rápido, de pronto, um fato desconhecido. Por exemplo...

O general tinha se interrompido. Tinha visto uma escavação semicircular, recente, que coroava um montículo redondo, disfarçado por ramos e folhas, distante de nós uma centena de metros, ao longo de uma linha de resistência do setor.

– Por exemplo... o que é aquela escavação? É necessário tê-la construído para saber o que é? Não, senhores, não é necessário. Não há necessidade de indagar. Basta olhá-la. Revela-se por si mesma. Intui-se. O que é? É um posicionamento de metralhadoras.

O general movia-se como um prestidigitador que, tendo feito sair uma pomba de uma rosa, espera dos espectadores a admiração e os aplausos.

O submajor do Segundo Batalhão, o professor de grego, era muito escrupuloso para deixar passar, sem um reparo, o que não passava de uma inexatidão. O seu batalhão era reserva de brigada e ele conhecia bem o seu setor. A exatidão acima de tudo.

Ele deu um passo à frente e disse:

– Com sua licença, senhor general.

– Pode dizer – respondeu o general.

– Na verdade, senhor general, na verdade não é um posicionamento de metralhadoras.

– E o que é?

– Uma latrina de campo.

Foi um mau momento para todos. O general tossiu. Houve tosses também entre nós. A conferência estava encerada.

XXI

Em novembro a neve já estava alta. A cada nevasca tínhamos que elevar as trincheiras e deslocar as seteiras, até o limite da neve. Um novo comandante de armada tinha chegado e falava-se de uma ação próxima. Os técnicos da armada, diariamente construíam pontes portáteis e escadas e nós nos exercitávamos com esses materiais. As pontes eram feitas com galhos entrelaçados e deveriam servir para passar sobre as barreiras inimigas. As escadas, de madeira, com seis a oito metros de comprimento, deveriam permitir a escalada das trincheiras que, no setor da direita, haviam sido escavadas pelos austríacos sobre as rochas. Pontes e escadas eram, dia e noite os principais temas de discussões e sarcasmos. A ação parecia próxima.

A minha companhia estava no *front*, na extremidade direita do setor, no qual era maior a distância entre nossas trincheiras e as austríacas. À direita estavam os grandes rochedos, à esquerda a estreita valada, quase despida de árvores. À direita e à esquerda as duas trincheiras aproximavam-se, no meio distanciavam-se, até estarem longe uma da outra de duzentos a trezentos metros. No meio desse trecho, as trincheiras austríacas estavam dispostas sobre os costões e dominavam as nossas, uns trinta metros mais embaixo.

O comando do batalhão tinha mandado para o *front* o soldado Marassi Giuseppe, punido com quinze dias de prisão rigorosa e designado à minha companhia. Para livrar-se da vida de trincheira ele tinha dado a entender que conhecia alemão e tinha sido mandado, tempos atrás, a uma estação de interceptação telefônica. Ao se descobrir que ele não conhecia a língua, tinha sido punido e reenviado ao batalhão. Depois do Monte Fior eu não o tinha mais visto, embora pertencesse à Nona Companhia. Designei-o para o Segundo Pelotão e ele imediatamente pegou o serviço já que, na trincheira, a prisão não era aplicada, e se fazia somente a retenção sobre o soldo.

De noite, durante uma inspeção na linha, a minha atenção foi despertada por uma conversação que se desenvolvia no abrigo do Segundo Pelotão, colocado vinte ou trinta metros atrás das trincheiras. Aproximei-me. Os soldados fumavam e batiam papo em voz baixa em torno das estufas acesas. O pelotão não tinha oficial e o suboficial que o comandava, o sargento Cosello, era o único que não falava. Sentado sobre as pernas cruzadas, fumava uma pipa de terracota, de cano desmesuradamente longo. Fumava e escutava.

– Eu nasci numa sexta-feira – dizia um soldado – e era evidente que não iria ter sorte. No mesmo dia minha mãe morreu. O dia que me chamaram para o exército era uma sexta-feira; sexta-feira, o dia do meu primeiro combate. Quando fui ferido pela primeira vez era uma sexta-feira e sexta-feira, quando fui ferido pela segunda. Vocês vão ver que me vão matar numa sexta-feira. Aposto que a ação será na próxima sexta-feira.

– Eu nasci num domingo – dizia um outro – e não tive mais sorte do que você. Minha mãe morreu seis meses depois, o que não constitui uma grande diferença. Meu pai teve que casar, para me criar, porque com o que ganhava não podia pagar alguém que me amamentasse. Minha madrasta me batia como se bate um colchão. É a minha primeira recordação de infância. Não desejaria a um cão a vida que levei. Depois veio a guerra. Quando a granada explodiu entre as minhas pernas, vocês lembram, quem estava?

– Eu estava.

– Era um domingo. Te dou de presente meu dia de aniversário.

– E você, quando você nasceu, Marassi?

Marassi não respondeu.

– Se existe na semana um dia de sorte, com certeza você nasceu nesse dia. Diz a verdade: em quantos combates você tomou parte? Com um pretexto ou outro você se esquivou de todos. Isso é que é sorte.

Marassi defendeu-se atacando.

– Quem me dá meio charuto? – perguntou.
– *Ja*[2], meio charuto?
– *Ja,ja!*
– *Kamarad*[3], meio charuto!
Caçoavam do seu alemão e não lhe deram o charuto.
– E aquele tiro na mão? Que tiro inteligente!
– Como você fez para atirar?
– Mas quando foi feito prisioneiro, francamente, deu azar, hein? Daquela vez você não teve sorte!
Todos os companheiros riam. O sargento, impassível, fumava a pipa.

Eu me esqueci de Marassi. No dia seguinte estava na minha barraca e fazia alguns desenhos a pedido do comando do batalhão. Podiam ser duas da tarde. Da trincheira da companhia partiu um grito de alarme, seguido de tiros de fuzil. Imediatamente toda a linha abriu fogo. Em quatro saltos eu estava na trincheira. Os soldados corriam para as seteiras. No meio da pequena valada, além da linha das nossas barreiras, o soldado Marassi, com as pernas afundadas na neve e as mãos para o alto, sem fuzil, avançava penosamente na direção das trincheiras inimigas. Sob o estrépito dos tiros, elevava-se a voz de barítono do sargento Cosello:

– Atirem no desertor!
A trincheira inimiga mantinha-se em silêncio.

Tive que correr para o telefone na trincheira. O comandante do batalhão chamava-me para pedir uma explicação do que ocorria. Falava de modo excitado.

– O que é? O que é? Devo mandar reforço?
Eu o tranquilizei.

– De modo algum. É um soldado que está se bandeando para o inimigo, sozinho, sem armas e a companhia está atirando nele. Os austríacos, para não o assustar, não disparam.

---

2 "Sim", em alemão. (N. da E.)
3 Provavelmente Kamerad, alemão para "caramara". (N. da E.)

– Uma desonra dessas no meu batalhão!
– Eu sei, eu sei; o senhor não precisa dizer a mim. O que eu posso fazer?
– Traga-o de volta, vivo ou morto!
– Ah! Vivo será difícil. Todos estão disparando sobre ele.
– Tanto melhor. É melhor morto. Traga-o morto.
– Está bem. Posso ir?
– Sim, pode ir e me dê as novidades o mais rápido possível.

Voltei para a seteira. Ao fogo da companhia tinha se juntado o das duas metralhadoras do batalhão. Marassi continuava a avançar, mas com muita dificuldade. Superada a valada, o caminho era íngreme e a neve sempre alta. Eu me admirava que ele ainda não tivesse caído, quando me dei conta de que, atrás dele, a uma centena de metros, ele também afundado na neve, caminhava o sargento Cosello. Empunhava o fuzil com as duas mãos e a cada passo atirava em Marassi. Mas este não caía. Com toda a minha voz, ordenei ao sargento que voltasse para a trincheira.

O sargento deteve-se. Estava em pé no meio da valada. Eu temia que os austríacos atirassem nele e repeti a ordem. Os austríacos não disparavam. Ele se voltou e gritou em minha direção:

– Sim, senhor!

Tinha as pernas sepultadas na neve. Ali parado, mirou longamente e disparou todo o carregador sobre o desertor. Marassi caiu e rolou sobre a neve. Acreditei que tivesse sido atingido. Mas, depois de alguns instantes se levantou e continuou a avançar. Toda a linha continuava a disparar sobre ele.

Marassi caminhava. Até o sargento, que era um atirador de elite, não o tinha acertado. Sempre notei que, nos momentos de excitação, os soldados olham e disparam com os olhos abertos, sem mirar.

O sargento retornou. Veio até mim, coberto de suor. Falava com dificuldade.

– Que vergonha! Que desonra! – dizia, arfando. – O Segundo Pelotão está desonrado.

O Segundo Pelotão estava desonrado. A companhia estava desonrada. O batalhão estava desonrado. Dentro em pouco, seriam considerados desonrados o regimento, a brigada, a divisão, o corpo da armada e, com toda a probabilidade, toda a armada. Marassi continuava a avançar.

O soldado de plantão no telefone chegou correndo para me dizer que o comandante do batalhão chamava-me novamente, porque o comandante do regimento queria ser posto a par.

– Diga que estou na trincheira e não posso me afastar. Diz que vou daqui a pouco.

O plantonista desapareceu.

Marassi afastava-se de nós sempre mais. Os austríacos tinham, diante de suas trincheiras, duas barreiras formadas por redes de arame farpado. Ele tinha chegado à primeira. A neve o cobria quase inteiramente, mas o obstáculo era igualmente intransponível. Agarrou-se aos arames, sacudiu-os, tentou passar por sobre eles, mas inutilmente. Compreendeu que não seria possível passar. Desanimado, ficou imóvel um instante e apertou a cabeça com as duas mãos. Parecia que finalmente lhe faltava força para continuar. Deu alguns passos incertos e em círculo, desesperado. Assim, ele girava em torno de si mesmo, perdido, mas invulnerável, sob os tiros dos nossos.

Marassi refez-se. Resolutamente caminhou até uma árvore que estava a poucos metros dele. Isso estava ao longo da linha das barreiras, do lado de fora, em nossa direção, e os austríacos tinham colocado ali uma barreira de arame e madeira fortíssima.

Marassi desembaraçou-se do cinturão que ainda trazia na cintura, com as duas cartucheiras. Agilmente começou a subir pelo tronco. Nada mais o detinha. Estava já a alguns metros do chão. Do alto, lançou-se num salto e se afundou na neve, do outro lado do arame farpado. Tinha passado a primeira barreira.

Os nossos disparavam sempre, os austríacos calavam.

O plantonista encarregado do telefone veio uma outra vez. O comandante do batalhão, assediado por perguntas do comandante do regimento, o qual, por sua vez, era assediado permanentemente pelo comandante de brigada, chamava-me insistentemente ao aparelho. Mandei-o de volta, berrando:
– Dá um tiro no telefone, depois vai até o comandante do batalhão e diz que a linha está interrompida.
– Sim, senhor.
– Você me entendeu bem?
– Sim, senhor.
No meio da fuzilaria e dos tiros de metralhadora, Marassi retomou sua marcha para frente. O último trecho, o mais acidentado, era o mais cansativo. A trincheira inimiga estava a poucos metros. De uma seteira, uma mão fazia-lhe sinais para aproximar-se. Ele se dirigiu para a seteira. Os nossos atiradores de elite de granadas Benaglia, disparadas por fuzil, pareciam tê-lo sob mira. A explosão de uma granada o atingiu e ele caiu. Mas se ergueu logo depois. No setor o fogo tinha se tornado geral. Da companhia ele se tinha propagado por todo o batalhão, aos batalhões laterais, além do Monte Interroto, até Vale d'Assa. Todos atiravam: os nossos e os austríacos. Parecia que todo o corpo de armada estava empenhado num combate. Só as trincheiras do costão permaneciam silenciosas.
Marassi estava debaixo da outra barreira de arame farpado, a não mais de dois metros da trincheira austríaca. Da grande seteira alguém devia estar falando com ele em italiano, porque tive a impressão de que se desenvolvia uma conversação entre ele e a trincheira. Ele caiu enquanto tocava a barreira. Ficou imóvel, as pernas afundadas na neve, o peito pendido para frente. Os braços e as mãos tesas. Sobre o alvo, agora inanimado, o fogo de toda a nossa trincheira abatia-se com a mesma ferocidade.
Precisei de tempo até que conseguisse fazer cessar o fogo no nosso setor. E quando cessou, continuou ainda por longo tempo nos setores laterais. O telefone estava interrompido e comuniquei por escrito as novidades ao comando

do batalhão. Tive de resistir, até o fim do dia, às ordens do comandante de regimento, que exigia que se fizesse sair uma patrulha, comandada por um oficial, para retirar o cadáver e lavar, assim, o ultraje ao regimento. O coronel acabou por vir até a linha para acertar pessoalmente a execução da ordem. Mas a situação não mudava por isso. O cadáver estava sempre lá, a trezentos metros de nós, a dois do inimigo. E era ainda dia. O coronel insistia e eu, uma vez que outro argumento era inútil, encontrei uma saída literária. Com as recentes leituras de Ariosto ainda na cabeça, citei, com toda serenidade, o episódio de Cloridiano e Medoro:

"Que seria pensamento não muito acolhido
Perder vivos para salvar um morto."

O coronel respondeu-me, seco, ameaçando-me com punições. Mas a patrulha não saiu.

Caída a noite, aos primeiros sinalizadores que lançamos, percebemos que o corpo de Marassi tinha desaparecido.

A ação das escadas e das pontes foi adiada.

XXII

Com a chegada do inverno, começaram os turnos das licenças. Passar quinze dias com nossas famílias parecia-nos uma felicidade sem igual. Avellini e eu estávamos entre os mais velhos do batalhão e deveríamos partir no turno dos primeiro oficiais. Mas a ação das escadas e das pontes, suspensa muitas vezes, estava ainda em preparação e o coronel retinha-nos no regimento. Além disso, eu devia fazer coincidir minha licença com a do meu irmão, soldado num regimento de infantaria de Carnia, uma vez que tínhamos obtido permissão de partir juntos. Mas, com uma distância tão grande entre nós era difícil chegar a um acordo. Pelo natal estávamos ainda na trincheira.

Os austríacos normalmente respeitavam as datas religiosas. Nas comemorações solenes, não disparavam na trincheira e também sua artilharia silenciava. Dessa vez, porém, os nossos postos de escuta tinham conseguido interceptar um fonograma inimigo no qual se falava de uma mina que deveria explodir no Natal, à meia-noite. Nós acreditávamos se tratar de uma mina escavada na rocha sob nossas trincheiras, na extremidade direita do setor. Os nossos aparelhos tinham percebido rumores de perfuradoras desde outubro, e os comandos estavam constantemente preocupados. Se as nossas posições saltassem ao ar naquele ponto, os austríacos, aproveitando-se da surpresa, interromperiam, com as linhas, as nossas comunicações e ocupariam o ponto dominante da valada que unia as duas divisões. O flanco direito da nossa brigada ficaria, além disso, completamente desguarnecido.

O nosso batalhão conhecia mais que os outros aquelas posições, e o comando do regimento ordenou que duas companhias, a Nona, de Avellini e a Décima, a minha, ficassem no *front* na noite de Natal. O regimento recebia substituição exatamente naquela noite, e as nossas companhias deveriam assegurar a continuação dos serviços nesse ponto mais delicado, ao qual as novas divisões chegariam menos preparadas.

Ao escurecer, o regimento desceu para repouso em Campomulo. A Nona ocupou o setor da mina, e a minha companhia foi colocada como reforço nas adjacências imediatas, pronta para o contra-atacar depois da explosão. Somente nós, os oficiais, estávamos a par do que deveria acontecer. Os soldados apenas lamentavam ter que permanecer no *front*, enquanto o resto do regimento passava o Natal em repouso. Uma larga distribuição de chocolate e de conhaque tinha levantado alguma suspeita, dissipada pela possibilidade de que se tratava de algum tipo de compensação devido ao serviço excepcional.

Antes de se postar sobre a mina, Avellini confiou-me um maço de cartas, lacrado. A elegância do pacote e um tênue perfume que se desprendia dele, revelavam claramente sua proveniência. Eu não sabia nada de muito preciso, mas não ignorava que Avellini estava enamorado por uma jovem. Aquelas deviam ser cartas que tinha recebido. Com um sorriso com o qual intencionava cobrir o agradável segredo, disse-me:

– Não se trata de uma questão importante, aliás, não é uma questão de serviço. Mas, se esta noite eu for sepultado pela explosão, você fará chegar este pacote à pessoa cujo endereço encontrará removendo o primeiro envelope lacrado.

Eu não queria lhe dirigir perguntas. Não queria parecer indiscreto, mas, acima de tudo, temia ver, com uma resposta direta, destruída a esperança que eu alimentava, no meio de muitas preocupações e dúvidas. E se a jovem cujas cartas eu era encarregado de custodiar fosse a mesma na qual pensava fazia tanto tempo? Avellini e eu a tínhamos conhecido juntos, no mês de setembro, em Maróstica, perto de Bassano. Tínhamos sido mandados para aquela pequena cidade com uma missão de serviço, enquanto o regimento estava em repouso nos arredores de Gallio. Nós a conhecemos na casa de sua família, por intermédio de um oficial amigo, e eu tinha ficado vivamente impressionado. Esperava ter suscitado nela o mesmo interesse. Estava quase seguro disso. Mas Avellini tinha conseguido revê-la a sós. Uma vez que meu pensamento corria frequentemente para aquela casa, a dúvida de que Avellini fosse o preferido atormentava-me. Várias vezes pensei em falar com ele, mas não ousava. À noite, no momento em que Avellini deixava-me com o pacote nas mãos e se afastava com destino ao *front*, não pude resistir. Perguntei:

– É loira?

Ele concordou com a cabeça.

– É bela?

Respondeu-me semicerrando os olhos, feliz:

– Belíssima.

Não me atrevi a perguntar mais.

Mas, pensava, por que deveria ser ela? Não era possível que se tratasse de outra mulher? Certamente era possível.

Avellini tinha razão de se considerar em perigo e de antever que aquela noite pudesse ser a última de sua vida. Mas não havia pensando que eu também poderia correr sérios riscos. Em guerra, quem está um metro à frente considera os outros em segurança. Eu próprio não tinha pensado nisso, mas ao ficar sozinho, compreendi que o maço de cartas não estava muito mais seguro em minhas mãos. Depois da explosão da mina eu deveria contra-atacar, e quem sabe o que encontraria pela frente? Decidi colocar o pacote a salvo.

Atrás de mim, a uma centena de metros, dominando a entrada do vale, havia uma linha de duas construções defensivas, destacadas das trincheiras, ocupadas por uma bateria de montanha. Eu era um bom amigo de seu comandante, um capitão de artilharia que conhecia desde a sua chegada. Tinha estado sempre próximo dele em razão de desenhos e relevos topográficos, necessários aos trabalhos de proteção e defesa. Nessa mesma noite eu deveria estar continuamente coligado a ele, porque a ação das suas peças, depois da explosão da mina, deveria estar coordenada com o ataque da minha companhia. A noite tinha acabado de cair. A mina não explodiria senão tarde da noite – à meia-noite, dizia a interceptação.

Encontrei o capitão sozinho na pequena sala de jantar que a bateria tinha construído atrás das edificações de defesa. Os oficiais de uma bateria posicionada em montanha tinham as mesmas comodidades que, na infantaria, pode ter um comando de regimento na linha. As paredes de madeira eram envernizadas e adornadas com ilustrações de guerra. O capitão estava sentado à mesa ainda posta. Os oficiais tinham acabado de comer e reassumido seus postos de serviço. O capitão tinha ao alcance da mão o telefone e duas garrafas: uma de conhaque e uma de beneditino. Ele bebia e fumava.

– Devem ser bósnios muçulmanos – disse-me, apenas me viu – para pensar em explodir a mina na noite de Natal! É um belo presépio que estão nos preparando. Mas eu tenho peças apontadas de tal modo que, se são maometanos, entrarão em contato esta noite mesmo com o Profeta.

– Bem que eu espero que o senhor não nos tome pelos bósnios e atire nas nossas costas. Fique atento que, poucos segundos depois da explosão, nós já teremos partido para o assalto e ocupado posições sobre as quais o senhor tem os canhões apontados.

– O senhor me toma por quem? Nós não somos artilharia de assédio para nos permitirmos brincadeiras desse tipo. Já preparei um sistema com sinalizadores e, do observatório, vou poder distinguir os mínimos detalhes.

A conversa voltou-se para a artilharia de montanha em contraposição à artilharia campestre e dos médios e grossos calibres, particularmente dispostos a errar o alvo e atirar sobre os nossos. O capitão fez preparar o café que era uma especialidade da bateria. A especialidade consistia em três copos de conhaque finíssimo e que se bebiam assim: um antes do café, um durante o café, e um depois do café. Pelas minhas visitas precedentes ele sabia que eu não bebia licores e brincava sobre aquela minha abstenção de arteriosclerótico.

Mostrei-lhe o pacote lacrado.

– Se me acontecer alguma coisa esta noite, rogo-lhe que entregue este pacote ao tenente Avellini, da Nona Companhia. Se ele não for mais afortunado do que eu, o senhor encontrará no envelope interno, o endereço da pessoa a quem deve ser expedido o pacote.

O capitão já havia bebido a primeira parte de seu café especial.

– Cartas de amor? – perguntou-me.

Evitei responder e ele se pôs a rir estrepitosamente.

– O que há para rir?

– O senhor tem razão. Não há nada para rir. Há para chorar.

Ele continuava rindo.

– O senhor crê nas mulheres?

– E por quê? O senhor não crê?

– Eu? Eu! Eu!

Pegou a garrafa de conhaque, bebeu um outro copinho e disse:
— É nisso que eu creio.
— Isso não impede que possa crer, se necessário, também na mulher.
— Tenho trinta e cinco anos — ele disse — e sou casado há seis. Tenho um pouco mais de experiência que o senhor.
— Nessa matéria a experiência não tem muita utilidade.
— A experiência serve para avaliar a vida pelo que ela é, e não pelo que gostaríamos que fosse. O senhor comparado a mim é um rapaz. Quando se tem uma mulher, distante mil quilômetros, a única coisa útil a fazer é esquecê-la. Nada de ilusões! Não resta outra coisa a fazer. E, para esquecer, nada melhor que isto.

Agora, bebíamos o café.
— Porque se não esquecêssemos, não restaria outra coisa senão meter uma bala na cabeça.

O capitão falava com o tom mais alegre. O licor, certamente o excitava, mas o excitavam também as suas palavras. Falava rapidamente, como se por longo tempo tivesse esperado a ocasião para abandonar-se a confidências, e repetia muitas vezes a mesma frase. Retirou uma foto da carteira.
— Veja só. É bela. Bela com pode ser uma mulher bela. Apesar disso não vale uma garrafa de conhaque.

Peguei a fotografia nas mãos, mas não tive tempo de olhá-la. Ele a arrancou de mim com violência, levantou-se e a atirou na grande estufa acesa.

Eu estava embaraçado e não sabia o que dizer. Rapidamente ele se acalmou e pegou meu pacote.
— Fique tranquilo — disse-me. — O senhor pode contar comigo.

Mudou de assunto e me falou de serviço, bebendo.

Levantamo-nos para sair. Eu já estava na porta. Ele me segurou pelo braço e me perguntou:
— O senhor não acreditará que eu seja ciumento?
— Nem por sonhos! — respondi.

Juntos, visitamos os postos mais avançados. Os artilheiros estavam nas peças, com seus oficiais. Tudo estava em ordem.

Voltei à minha companhia. Nos abrigos, os soldados bebiam e fumavam. Sentei-me com eles e esperei a meia-noite.

Um quarto de hora antes, dispus os soldados por esquadras, prontos para sair dos abrigos e correr para os caminhos internos das trincheiras. À medida que a meia-noite se aproximava, os soldados compreendiam que algum acontecimento insólito estava para acontecer e se interrogavam uns aos outros com o olhar. Eu disse que se temia uma surpresa e era preciso estar pronto para o contra-ataque. Mas quanto mais se aproximava a hora esperada e temida, tanto mais meu pensamento distanciava-se da minha companhia, da mina, de todos aqueles lugares. Dizia a mim mesmo: "Deve ser ela. Não pode ser senão ela". E, todas as vezes a dúvida retornava e eu achava tantas considerações para me confortar: "Não deve ser ela. Não pode ser ela". E a revia, assim como a tinha visto pela primeira vez, na janela da sua casa, olhando para a estrada, enquanto eu entrava pelo portão, os cabelos loiros espalhados sobre o rosto, mas não tanto a ponto de recobrir os olhos sorridentes.

Quando olhei para o relógio a meia-noite tinha passado. A mina não explodira. Enviei alguém até Avellini para saber notícias. Ele me respondeu que não havia notado nada de insólito e que, na trincheira inimiga, a vigilância era como nas outras noites.

Esperamos, mas menos preocupados, até o alvorecer. Estariam os posto de interceptação errados? Os austríacos teriam nos pregado uma peça?

Pela manhã as duas companhias foram substituídas e nos encontramos com o regimento em Campomulo. Recuperado o pacote, eu o havia devolvido a Avellini.

Nesse mesmo dia o coronel convidou-nos para almoçar e nos comunicou que poderíamos partir em licença no dia seguinte. Enquanto tomávamos o café, perguntou:

– Me digam a verdade, sinceramente. Em toda a guerra passaram um momento mais dramático do que aqueles poucos minutos antes da meia-noite?

Avellini apressou-se a responder:

– Eu estava pronto, naturalmente, mas pensava em outra coisa.

E me olhou sorridente, como se só eu pudesse entendê-lo.

XXIII

Avellini e eu partimos em licença. Fizemos um pequeno percurso juntos, porque ele tinha sua família no Piemonte e eu, na Sardenha. Meu irmão tinha tido, no último momento, não sei qual impedimento de serviço e foi obrigado a retardar a partida. Cheguei só em casa.

Encontrei meu pai muito envelhecido. Sempre acreditei que fosse um homem forte. Percebi imediatamente que não era mais o mesmo. Estava deprimido e não escondia seu desânimo. Nós erámos seus únicos filhos e estávamos os dois na infantaria. Ele não tinha mais ilusões. Não esperava que nós pudéssemos voltar sãos e salvos da guerra. Seus negócios não o interessavam mais. Revi a velha e grande casa de campo – outrora tão cheia de vida – quase deserta.

Minha mãe deu-me a impressão de estar com mais coragem. Tinha lhe mandado cartas com frequência, enviadas de cidades mais à retaguarda, o que a fazia acreditar que eu estava mais seguro. Mas os soldados feridos do meu regimento relatavam combates que fizemos juntos, destruindo, assim, em grande parte os resultados dos meus expedientes. Apesar disso, parecia confiante e era ela que animava o pai.

Falei da guerra com muitas precauções. Consegui rapidamente dar uma ideia aceitável da vida no *front*, sem grandes aflições. Os pais acreditavam que nós estivéssemos permanentemente envolvidos em combates furiosos. Eles jamais teriam suposto que poderíamos viver meses sem combater, sem nem mesmo ver os austríacos. Não tinham uma ideia geográfica do *front* e, embora os mapas mostrassem que o *front* era de uma centena de quilômetros, pensavam que o combate num setor perturbava ou se fazia presente também em outros setores. A guerra como eu a descrevia não tinha um aspecto insuportável. Tinha a meu favor também o argumento de que os oficiais não corriam os mesmos riscos que os soldados e que meu irmão estava numa parte tranquila do *front*. Mas, sempre que meu pai se via a sós comigo, dizia-me, diretamente, sua opinião:

– Não verei o fim desta guerra. E tenho medo de que nem vocês.

Uma noite jantava conosco um nosso parente, soldado da infantaria em licença, depois de sofrer um ferimento. Tínhamos acabado de jantar e tomávamos o café. O pai perguntou-lhe, mais para manter acesa a conversação do que para obter uma opinião:

– Na sua opinião, Antonio, vai acabar logo a guerra?

Eu tinha evitado que se falasse da guerra até aquela hora. Antonio respondeu com segurança:

– Não vai acabar nunca. A guerra é um massacre permanente.

A mãe não tinha entendido e perguntou:

– É o quê?

– Um massacre permanente.

– Também para os oficiais?

– Para eles também.

Quando Antonio foi embora, não resisti a demonstrar que se tratava de um pusilânime.

Minha mãe estava sempre perto de mim e eu saía raramente de casa, tão grande era seu desejo de estar junto a mim. Ela se comportava como se eu fosse um menino, a tal ponto que, à noite, quando eu ia dormir, queria ajudar a me despir, e voltava várias vezes para me beijar antes de se retirar ao seu quarto. De manhã era ela – e só ela – a me trazer o café na cama. Ela exigia que eu o tomasse na cama, porque assim aproveitava para estar ao meu lado e me falar longamente de tudo.

Daquela vez meus pais não tiveram sorte com a minha licença. Estava em casa há apenas quatro dias quando um telegrama do comandante de regimento reclamou-me no *front* para urgentes e imprevistas necessidades de serviço. Pensei: "desta vez é para o ataque com as pontes e as escadas". Mas usei o pretexto de que deveria tratar-se de compras relacionadas a materiais de subsistência do regimento, em relação a que me atribuíam competência superior à que eu realmente tinha. Meu velho ficou calado e não falou mais até a hora da minha partida. A mãe, ainda desta vez, mostrou-se muito calma e corajosa, o que me deixou feliz. O pai mostrou intenção de acompanhar-me por um longo trecho. Eu me despedi só da mãe, que ficou em casa. A separação foi simples. Ela me acariciou e beijou infinitas vezes, sem verter uma lágrima e, em alguns momentos, até sorridente. Mostrava uma confiança tão grande que eu mesmo fiquei estupefato. Nunca teria suspeitado nela tanta fortaleza de ânimo.

O pai, mudo, andava de lá para cá sem nos olhar. Tínhamos talvez andado uns cinquenta metros fora da casa. O pai levava-me pelo braço. Eu brincava sobre seu escasso conhecimento dos regulamentos militares e dizia que ele me forçava à indisciplina, porque um militar não pode andar de braço dado em público, nem mesmo com seu pai. Dei-me conta de que tinha esquecido em casa o rebenque. Deixei o pai e, a passos largos, refiz o caminho.

A porta da casa estava aberta. Entrei e gritei:

– Mãe, esqueci o rebenque.

No centro da sala, ao lado de uma cadeira revirada, a mãe estava agachada sobre o assoalho, em soluços. Eu a abracei e a ajudei a se levantar. Mas ela não conseguia se sustentar sozinha, tanto, em tão poucos instantes tinha se esgotado. Tentei dizer-lhe palavras de conforto, mas ela se consumia em lágrimas. Deviam ter passado uns bons minutos, pois ouvi a voz do pai gritando, impaciente:

– E então, esse rebenque? Você vai acabar perdendo o trem.
Separei-me da mãe e desci correndo.
Sempre viajando, em três dias cheguei ao altiplano. Avellini também tinha sido convocado e já estava lá, antes de mim.
Era precisamente a ação das pontes e das escadas que estava em preparação. O regimento tinha voltado para a linha. Para não perder tempo, o oficial dos suprimentos deu-me uma mula e em poucas horas eu estava na trincheira. A artilharia ressoava em todo o setor.
Quando eu cheguei na linha deviam ser as duas ou três da tarde. O meu batalhão ocupava as mesmas posições do turno precedente. Poucas sentinelas estavam nas seteiras, eretas, em plataformas altas. Naqueles dias ainda tinha caído neve e as trincheiras tinham sido elevadas ao seu nível. As sentinelas moviam-se sobre as plataformas, como pedreiros numa casa em construção. Os grossos troncos que sustinham as altas plataformas de madeira davam à trincheira o aspecto de um canteiro de obras. Os outros soldados estavam dispostos dois a dois ao longo da trincheira e das veredas internas. Em razão do contínuo movimento, a neve tinha se soltado no fundo das trincheiras e das veredas internas e havia se formado uma camada de lama, na qual os soldados afundavam as pernas. Eles mostravam um aspecto resignado. Todos bebiam. Os cantis de conhaque não tinham sossego. Logo ao chegar senti um cheiro cavernoso de lama e conhaque. E os *"labyrinthes fangeux"* de Baudelaire, no *Le vin des chiffonniers* vieram-me à mente.
Não havia sol e o céu ameaçava mais neve.
O tenente mais antigo, que, em minha ausência, comandava a companhia, veio ao meu encontro e relatou-me as novidades. Todos os soldados estavam presentes na trincheira, mesmo os que estavam com febre. Disse-me:
– Você podia ter ficado em casa e acabado a licença em paz. De qualquer forma, aqui, hoje, não vamos avançar um metro. A neve alcança meu pescoço. Para chegar até as trincheiras inimigas vou precisar de um elevador.

Ele era de pequena estatura. Mas eu, que era muito mais alto, não estaria em melhores condições. Um assalto num terreno daquele parecia-me uma das coisas mais extraordinárias da guerra.

Procurei o comandante do batalhão e o encontrei, como os outros, na lama. Ele também estava bebendo. Eu não o conhecia porque ele tinha chegado nos dias em que eu estava de licença. Era um major, de uns cinquenta anos, que vinha da Líbia. Eu era um dos poucos veteranos do regimento e ele me acolheu cordialmente, como um igual. Disse-me que, imprevistamente transferido da África para o altiplano, não tinha a mais longínqua ideia da nossa guerra de trincheira.

– Fique tranquilo – eu lhe disse –, nós sabemos tanto quanto o senhor.

– O senhor acredita – perguntou-me – que conseguiremos capturar as posições inimigas?

– Se os austríacos se forem – respondi – é provável que, em um par de horas, depois de ter tentado vários modos de passar pela neve, chegaríamos às trincheiras inimigas, ainda que congelados. Mas se os austríacos não se forem, me parece extremamente difícil.

– E será que eles se vão?

– E por que deveriam ir-se?

– E as pontes e as escadas?

– Com um tempo como este elas nos serão utilíssimas. Esta noite vamos queimá-las para nos aquecer, de outro modo morreremos todos congelados.

O major não tinha vontade de brincar. Estava pressionado pelas dificuldades que o batalhão encontraria no assalto. Estava preocupado e nervoso. Achava, além disso, nosso conhaque repugnante.

A ordem de ataque ainda não chegara. Contrariamente ao que acontecia no passado, a hora não tinha sido fixada. O comandante do batalhão tinha se reservado o direito de comunicá-la no último momento. O acordo das inteligências.

Um mensageiro do comando do regimento chamou o major à presença do coronel. O major empalideceu e me disse:
– É agora!
E se encaminhou, apoiando-se no bastão de montanha, lentamente, as pernas na lama.
Esteve ausente uma meia hora. Quando voltou tinha o rosto iluminado de alegria. E o vi chegando à distância; não entendi a razão de tal mudança. Caminhando no meio dos soldados que lhe abriam passagem, exclamava:
– Não se faz mais nada! Não se faz mais nada!
Aproximando-se de mim, gritou:
– A ação está suspensa!
– Como suspensa?
– Sim, suspensa. O senhor general da divisão fez saber que a ação está suspensa. Parece que era uma ação de demonstração. O senhor general congratula os oficiais e a tropa por sua admirável conduta durante o dia.
A artilharia soava ainda. Talvez o general tivesse esquecido de comunicar-lhes que a ação estava suspensa.
As divisões retornaram para os abrigos. Bebiam antes e bebiam depois. Tristeza e alegria são emoções da mesma natureza.
À noite o major quis que eu jantasse com ele no comando do batalhão e, ao café, fez-me suas confidências:
– Fiz toda a guerra na Líbia e tomei parte em muitos combates. Fui condecorado por valor em combate, como o senhor vê, e creio que não tenha medo. Creio que não tenha mais medo do que qualquer outro. Sou um oficial de carreira e é provável que eu também avance ainda de graduação. Mas lhe asseguro que as maiores satisfações da minha carreira são como esta de hoje. Nós somos profissionais da guerra e não podemos lamentar-nos se somos obrigados a fazê-la. Mas, quando estamos prontos para uma batalha e no último momento chega uma ordem para suspendê-la, deixe que eu lhe diga, creia-me, pode-se ser corajoso quanto se queira, mas dá prazer. São esses, honestamente, os mais belos momentos da guerra.

A noite descia glacial. Os soldados estavam enregelados e faltava lenha para as estufas. Depois de uma rápida troca de ideias entre oficiais, decidimos queimar boa parte das pontes e das escadas.

XXIV

O regimento estava em repouso nas cercanias da vila de Ronchi. O comando estava mais ao alto, em Campanella, a meio quilômetro de distância. Os três batalhões estavam acantonados nas poucas casas ainda intactas e em barracas. Os soldados estavam cansados. Estes repousos de poucos dias, sob o tiro da artilharia inimiga, depois de um turno de um mês de trincheira, deixara-os deprimidos. Mas existia a esperança de um longo repouso. Tinham-nos dito que, desta vez, desceríamos na planície veneta para lá terminar o inverno. A distribuição de objetos novos, necessários aos uniformes e demais usos da tropa, pareceu uma confirmação disso e reanimou até os mais descontentes. Ainda um acontecimento nas hierarquias militares: fui promovido a capitão.

Com o nosso comandante de batalhão, major Frangipane, tinha chegado da África também o major Melchiorri, que assumiu o comando do Segundo Batalhão. Nós, oficiais do batalhão, convidamo-lo para jantar na nossa mesa. Era tradição entre os batalhões, convidar à mesa oficiais recém-chegados, para conhecimento recíproco. O major aceitou o convite com prazer.

Mas aquele não era um dia adequado para cerimônias. O regimento recebeu ordem de manter-se pronto para reocupar a trincheira no dia seguinte. Estávamos em repouso havia apenas três dias. Ficamos decepcionados. Adeus sonhos de repouso na planície!

O major Melchiorri quis nos encontrar de qualquer maneira. Quando nós nos reunimos à mesa, os soldados tinham consumido o rancho nos seus acampamentos já fazia tempo.

Durante a refeição a conversa girou principalmente sobre a guerra colonial e sobre a grande guerra. No fim falavam só os dois majores e nós escutávamos. O major Frangipane tinha estado três anos na Líbia, e o major Malchiorri, quatro ou cinco anos na Eritreia. Nenhum de nós tinha estado numa colônia. Além disso, exceto Avellini, nós éramos todos oficiais da reserva. Eu sentava ao lado do major Melchiorri.

– A guerra europeia – ele dizia – venceremos só quando as nossas tropas estiverem organizadas com o mesmo método disciplinar com o qual, na colônia, organizamos as milícias nativas. A obediência deve ser cega, como justamente impunha o glorioso exército piemontês, que Roma quis abolir. A massa deve obedecer de olhos fechados e considerar-se honrada de servir a pátria nos campos de batalha.

– Os nossos soldados – dizia o nosso major – são todos cidadãos, como eu ou como você; não são mercenários estrangeiros. Essa diferença me parece essencial.

– Não há grande diferença. As diferenças só existem na vida civil. Uma vez vestido o uniforme, o cidadão cessa de ser cidadão, e perde seus direitos políticos. Ele não é mais que um soldado, e não tem senão deveres militares. A superioridade do exército alemão consiste no fato de que, nele, o soldado se aproxima mais daquele tipo ideal de soldado que temos na colônia. Os oficiais alemães comandam.

– O que você entende por comandar? Tenho bastante experiência e constituí uma ideia clara. Quando eu, em guerra, recebo uma ordem, sou assaltado pela preocupação de que pode ser uma ordem equivocada. Vi tantas! E ouvi tantas desde que estou aqui! E quando eu mesmo dou uma ordem, reflito longamente, no receio de errar. Comandar significa saber comandar. Evitar, portanto, um cúmulo de erros com os quais sacrificamos e desmoralizamos os nossos soldados.

– Os comandantes nunca erram e não cometem enganos. Comandar significa o direito que tem o superior hierárquico de dar uma ordem. Não existem ordens boas e ordens más, ordens justas e ordens injustas. A ordem é sempre igual. É o direito absoluto à obediência de outros.

– Assim, caro colega, você pode comandar um belo lance de cartas, se a sorte ajudar. Mas não comandará jamais divisões italianas, francesas, belgas ou inglesas.

– É que vocês introduziram a filosofia no exército. Essa é a razão da nossa decadência.

Enquanto a conversação prosseguia apoiada por numerosas garrafas, de fora se elevou um rumor que nos pareceu o soprar do vento contra barracas de madeira, portas e janelas. Os dois majores calaram-se e ficaram na escuta. Eram gritos e algazarra generalizada. O major Frangipane levantou-se e todos o imitamos. A porta abriu-se e entrou o oficial de serviço do batalhão. Estava transtornado.

– O regimento se amotinou! O Segundo Batalhão começou e o outros o seguiram. As divisões saíram de seus acampamentos gritando. Alguns oficiais foram agredidos.

Sem esperar pelas ordens dos majores atiramo-nos para fora a fim de nos juntarmos às nossas divisões. Passando pela cozinha dos oficiais, chegava-se, em poucos passos, às barracas da minha companhia, que era a mais próxima. Seguido dos meus oficiais, corri para lá e, rapidamente, encontrei-me no meio da companhia.

A Décima estava em um único barracão de madeira, no qual havia lugar para quatro pelotões. No centro, um longo corredor destinado a reunir os soldados; nos flancos, duas fileiras de beliches. Nos corredores os soldados em grupinhos discutiam animadamente. Os oficiais estavam atrás de mim quando eu entrei, e foi o soldado que me viu primeiro a dar o comando de posição de sentido em alta voz. Os soldados tomaram posição de sentido. No barracão não se ouvia um murmúrio. Eu comandei:

– Companhia, em fila. Fuzil na mão!

Os soldados prepararam-se correndo para executar a ordem.

Eu pensava: se os soldados agridem os oficiais e eu dou ordem de pegar os fuzis, não corro mais o risco de ser espancado. Se eles tiverem com as armas refletirão um pouco mais, embora de qualquer modo eu corra o risco de ser alvejado. Devo dizer: prefiro ser morto a ser espancado.

Num segundo os pelotões puseram-se em fila, com os fuzis, em seus lugares de reunião. O oficial mais velho comandou a posição de sentido e me apresentou a companhia. Dei ordem de engatar as baionetas e carregar os fuzis. A ordem foi prontamente cumprida. Fiz a chamada dos presentes, nenhum faltava. Se todos estavam presentes, a minha companhia, portanto, não se tinha amotinado. As satisfações são todas de natureza muito pessoal e cada um é livre de senti-las a seu modo. O prazer que eu senti naquele momento recordo como um dos grandes prazeres da minha vida. Os soldados não se amotinam contra os comandantes de regimento, de brigada, de divisão ou de corpo de armada. É contra os próprios oficiais diretos que eles, acima de tudo, se revoltam.

Fora, no escuro, o tumulto aumentava.

– Queremos descanso!

– Abaixo a guerra!

– Basta com as trincheiras!

Os acampamentos do Primeiro e do Segundo Batalhão ficavam mais para baixo, a uma centena de metros do nosso. Da direção deles chegava-nos um rumor de multidão em marcha. Provavelmente os dois batalhões tinham se reunido e se manifestavam juntos. Enviei um oficial para se colocar a par do que ocorria. Ele voltou imediatamente. Os destacamentos tinham saído sem armas, mas devastavam tudo o que encontravam pelo caminho.

– Abaixo a guerra!

Eram milhares de vozes que gritavam juntas.

Eu disse umas palavras para a companhia, mais para romper o silêncio – que, de tão pesado, tinha algo de sinistro – do que para dizer alguma coisa. Além disso, naquele momento eu tinha bem pouco a dizer e percebia que a atenção da divisão estava toda voltada para os manifestantes. O major entrou, seguido de seu ajudante de ordens e do mensageiro do batalhão. Fiz apresentarem as armas e lhe comuniquei que todos os soldados estavam presentes. O major estava sob intensa comoção.

— Filhos! Meus filhos! Que dia...

E mais não pôde dizer. Ele saiu e o acompanhei. Disse-me que dois pelotões da Nona, com o tenente Avellini, mantinham-se em ordem; dos dois outros pelotões acantonados em outro acampamento não se tinham ainda notícias. A 11ª estava espalhada e a 12ª, se reorganizando com a chegada de seu comandante. Ele, no meio dos soldados, se esforçava para persuadir os ainda dispersos, tentando fazer todo o batalhão se reunir, afastando-o do tumulto o mais rápido possível.

O major distanciou-se em direção à 11ª e dei alguns passos até a estrada. A noite estava escura, mas a luz de algumas janelas iluminadas clareavam a estrada. Do fundo avançava uma massa compacta. Os soldados estavam todos misturados, sem distinção de destacamentos. Ninguém tinha fuzil. Vinham em nossa direção gritando e lançando pedras contra as vidraças dos oficiais. Duas carretas de batalhão, que estavam na margem da estrada foram tombadas e despedaçadas como se fossem de papel.

— Queremos o descanso.
— Abaixo a guerra!
— Basta com as mentiras!

A coluna avançava contra nós. Voltei a entrar. O que iria acontecer?

O tumulto aumentava. Os que estavam à frente da coluna pararam no meio da estrada e diante das nossas barracas.

— Décima, pra fora!
— Pra fora!
— Companheiros, todos pra fora!
— Companheiros, todos unidos!
— Fora, fora!

Ninguém da companhia respondeu. No meio da massa um voz isolada gritou:

— Deixa eles pra lá!

A gritaria continuou por alguns minutos. A coluna pareceu hesitar. Retomou a marcha, mudou de direção e desapareceu por trás dos alojamentos, pela estrada que levava ao comando do regimento, na direção de Campomulo. Fui para a parte oposta da barraca e abri uma janela. Do Vale de Campomulo um vento de montanha descia frio, acompanhado pelos silvos que sua passagem produzia por todo o Vale de Ronchi. Olhei.

Por um estreito caminho, que era um atalho entre o comando de regimento e os batalhões, desciam luzes, em fila indiana. Era, certamente, o estado-maior do regimento que vinha até nós e iluminava o caminho com lampiões. Se eles tivessem apressado o passo teriam batido de frente com a massa de manifestantes, na estrada principal. As luzes imobilizaram-se e do meio delas partiu o som agudo de um trompa, que cobriu o sibilar do vento e os gritos dos manifestantes. A trombeta executava o toque de "oficiais, apresentar-se". O som agudo repetiu-se, alto e prolongado. Quando a trombeta silenciou, os gritos da massa também cessaram. O apelo caiu no silêncio da noite. Por um momento não houve sinal de vida na valada. Depois o eco, distante, na direção de Foza, Stoccaredo, Col Rosso e a Caserma degli Alpini, retomou as notas, repetiu-as, alongando-as, tristes, por toda a concha do Asiago.

Por que o coronel chamava para apresentar-se? Por que separava os oficiais dos destacamentos? Talvez para dar um sinal de vida, uma demonstração da existência do comando. Não pensei em afastar os oficias da companhia e mandei apenas um oficial para se apresentar.

A coluna dos manifestantes parou. Eu a via, confusa, uma grande massa negra, imóvel na estrada. O coronel esperou alguns instantes, renunciou à reunião de apresentações, e avançou em direção dos soldados segurando um lampião. Quando o coronel chegou até eles, as filas abriram-se e ele passou. Levantou o lampião para que todos vissem seu rosto e disse em voz alta:

– No vosso interesse, o coronel ordena que voltem para os acampamentos.

Das fileiras mais distantes uma voz respondeu:

– Temos direito ao descanso!

O coronel replicou:

– Temos todos direito ao descanso. Eu também, que sou um velho, tenho direito ao descanso. Mas, agora, voltem para os acampamentos. E o vosso coronel ordena, unicamente no vosso interesse, que obedeçam.

A massa vacilava. As primeiras filas retiraram-se. O comandante da Sexta gritou:

– Sexta Companhia, reunida no acampamento!

Outros oficiais imitaram-no e tentaram reunir os seus destacamentos. Em todas as primeiras filas foi um dispersar geral. Só mais atrás a massa permanecia imóvel e gritos isolados continuavam a protestar.

O coronel atravessou a estrada. Informado de que a Décima estava perfilada com as armas, ele se dirigiu ao meu barracão. Quando entrou os gritos tinham recomeçado:

– Queremos descanso!

– Abaixo a guerra!

O coronel não respondeu à companhia que lhe apresentava as armas e me perguntou:

– Posso contar com a sua companhia?

– Certamente – respondi –, a companhia está em ordem.

– Posso contar com a sua companhia se lhe dou ordem para ir para a trincheira imediatamente?

– Sim, senhor.

– E posso contar com a sua companhia se lhe dou ordem de intervir contra os sediciosos?

O diálogo entre mim o coronel dava-se em frente de toda a companhia. Nós estávamos quase no centro da companhia, disposta em duas filas, e a forma do local permitia-me ver de frente metade dos destacamentos. Os soldados olhavam apenas para mim, fixo, nos olhos. Eu respondi:

– Não creio, senhor coronel.

– Me responda precisamente: sim ou não?
– Não, senhor coronel.
O coronel saiu. Fora o tumulto continuava.

XXV

Antes das dez, todos os destacamentos dos três batalhões tinham voltado para seus alojamentos. A ordem tinha se restabelecido. À meia-noite, nós, oficiais do Terceiro Batalhão, estávamos ainda reunidos na sala de refeições. O major e seu submajor estavam no comando do regimento. Faltavam ainda os oficiais comandantes de serviço daquela noite, um por companhia. Nós discutíamos, na intimidade, os acontecimentos da noite. Avellini estava tão ligado a nós por laços de camaradagem que não havia nenhuma diferença entre ele, oficial de carreira, e nós, oficias da reserva. Aquela conversa ainda está presente na minha memória. Posso resumi-la assim:

Ottolenghi – O meu destacamento estava em ordem, ou quase em ordem. Só um imbecil pretendia sair com uma metralhadora e atirar para o ar. Eu lhe disse: se você se mover dou-lhe um tiro. Uma metralhadora? Se as metralhadoras devem sair, saem todas. Se a minha seção de metralhadoras se manifesta, manifesta-se inteira, com oficiais, suboficiais, cabos e soldados. Sou eu, nesse caso, que quero me amotinar. E, um dia ou outro, creio que vai acontecer. Porque penso exatamente como aqueles destacamentos que se manifestaram. Eles têm razão, mil razões, mas escolheram mal o momento. Amotinar-se de noite e sem armas! Que despropósito!

Avellini – Você está louco, louco de amarrar.

Comandante da 12ª – Louco furioso.

Ottolenghi – Se nos amotinarmos, é preciso fazê-lo de dia e com as armas, e aproveitar uma boa ocasião, de maneira que não falte ninguém. Que não falte um só oficial inferior.

Comandante da 12ª – Belo programa! E os outros?

Ottolenghi – Que outros? Espero que você não queira amotinar-se em companhia dos oficiais generais.

Comandante da 12ª – Se você pensa assim demita-se do posto de oficial.

Ottolenghi – Oficial ou soldado, continuo tendo a obrigação de ser militar. E porque não há saída, eu prefiro fazer a guerra como oficial.

Avellini – Você prestou um juramento, como oficial. Ou as coisas que você diz, você não diz seriamente, ou então o juramento que você prestou não é sério.

Ottolenghi – Bem entendido, não é sério. Como oficial ou como soldado é preciso jurar, seja com juramento individual ou coletivo. Se eu não juro como oficial, devo jurar como soldado. E é a mesma coisa. As leis do nosso país não dispensam senão os cardeais e os bispos do serviço militar. O juramento não é mais que uma formalidade a que nos constrange o serviço militar obrigatório.

Avellini – Um homem honrado não empenha sua palavra sabendo que está mentindo.

Comandante da 12ª – Você não é só louco, mas também tem um caráter dúbio.

Ottolenghi – Vocês ousam sustentar que se me pegam à força, inteiramente contra a minha vontade, com armas na mão, e me impõem um juramento, eu me desonro se juro com o propósito de não observar o juramento?

Avellini – E quem te pega à força? Ninguém pode forçar a tua consciência.

Comandante da 12ª – Se você tiver uma consciência...

Ottolenghi – Ninguém? Em tempo de guerra se eu, chamado às armas, me recuso a prestar juramento, sou conduzido aos tribunais militares e me passarão pelas armas na primeira oportunidade. O meu juramento é uma mentira necessária, um ato de legítima defesa. Dito isso, já que não há saída, prefiro ser oficial a ser soldado.

Avellini – E pode se saber por quê?

Ottolenghi – Vai se apresentar certamente uma ocasião

favorável. Nessa ocasião quero ter em mãos uma força com a qual agir.

Um subtenente – Bebe um copo e vai pra cama.

Ottolenghi – Não serei então um fuzil e uma baioneta, mas cem fuzis e cem baionetas. E – à tua saúde! – também um par de metralhadoras.

Comandante da 11ª – Contra quem você quer empregar essas armas?

Ottolenghi – Contra todos os comandos.

Comandante da 11ª – E depois? Você tem aspiração de ser o comandante supremo?

Ottolenghi – Aspiro só a comandar o fogo. O dia X, abaixada a mira, fogo à vontade. E gostaria de começar com os comandantes das divisões, não importa quem sejam, uma vez que todos, sem exceção, são um pior que o outro.

Comandante da 11ª – E depois?

Ottolenghi – Sempre em frente, seguindo a ordem hierárquica. Em frente sempre, com ordem e disciplina. Quer dizer, em frente é modo de falar, uma vez que os nossos verdadeiros inimigos não estão defronte das nossas trincheiras. Portanto, primeiro antes do *front*, depois à frente, à frente sempre.

Comandante da 11ª – Isto é, para trás.

Ottolenghi – Naturalmente. Pra frente, sempre pra frente até Roma. É lá que fica o grande quartel general inimigo.

Comandante da 11ª – E depois?

Ottolenghi – Você acha pouco?

Um subtenente – Será uma bela peregrinação.

Ottolenghi – Depois? O governo irá para o povo.

Comandante da 10ª – Se você fizer o exército marchar sobre Roma, você acha que o exército alemão e o austríaco, continuarão parados nas trincheiras? Ou você crê que, para agradar o nosso governo do povo, os alemães voltam para Berlim e os austríacos, para Viena ou Budapeste?

Ottolenghi – A mim não interessa saber o que farão os outros. Para mim basta saber o que eu quero.

Comandante da 10ª – Isso é muito cômodo, mas não esclarece a questão. Que significa em substância, a tua marcha para trás? A vitória inimiga, evidentemente. E você espera que uma vitória militar inimiga não se afirme sobre os vencidos, também como uma vitória política? Nas nossas guerras de independência todas as vezes que os inimigos venceram, não nos trouxeram, com o peso de suas baionetas, os Bourbon em Nápoles, e o Papa em Roma? Quando os austríacos nos bateram em Milão, na Lombardia e no Vêneto, foi o governo do povo que eles colocaram ou mantiveram no poder? Com os nosso inimigos vitoriosos, na Itália voltaram a dominação estrangeira e a reação. Você, certamente, não quer tudo isso?

Ottolenghi – Certo, não quero tudo isso. Mas também não quero esta guerra que não é mais que uma miserável carnificina.

Comandante da 10ª – E a tua revolução? Não é ela também uma carnificina? Não é ela também uma guerra? A guerra civil?

Comandante da 11ª – Sinceramente eu não queria nem uma, nem outra.

Comandante da 10ª – Mas Ottolenghi, não. Ele deprecia uma e exalta a outra. Ora, não são todas uma coisa só?

Ottolenghi – Não, não são uma coisa só. Na revolução vejo o progresso do povo e de todos os oprimidos. Na guerra não há nada além de carnificina inútil.

Comandante da 10ª – Inútil? Vários de nós aqui estivemos nas Universidades. Na minha Universidade nós queimávamos os discursos de Guilherme II, que invocava em todas as ocasiões o Deus da Guerra e que não se nutria, em seus estudos, senão de baionetas e canhões. Inútil carnificina? Se não nos tivéssemos oposto aos poderes centrais, hoje, na Itália e na Europa, marcharíamos todos em passo de ganso ao som de tambores.

Ottolenghi – Uns valem tanto quanto os outros.

Comandante da 12ª – E a democracia? E a liberdade? O que seria do teu povo sem isso?

Ottolenghi – Bela democracia! Bela liberdade!

Comandante da 10ª – E no entanto é por causa delas que muitos de nós foram favoráveis à intervenção, pegaram em armas, enfrentam todos os sacrifícios e se fazem matar.

Ottolenghi – A carnificina não compensa o sacrifício.

Comandante da 12ª – E os interesses da Itália?

Ottolenghi – E nós o que somos? Não somos a Itália?

Comandante da 10ª – As razões ideais que nos impeliram à guerra vêm a nos faltar porque a guerra é uma carnificina? Se nós estamos convencidos de que devemos combater, os nossos sacrifícios serão compensados. Certo, nós estamos todos cansados e os soldados hoje proclamaram isso em voz alta. É humano. Num certo momento perdemos a coragem e começamos a pensar apenas em nós mesmos. O instinto de conservação prevalece. E a maior parte queria ver a guerra terminada, terminada não importa como, porque seu fim significa a segurança de nossa vida física. Mas isso é suficiente para justificar nosso desejo? Se fosse assim, um punhado de aventureiros não nos teria permanentemente sob seu arbítrio, impunemente, só porque nós temos medo da carnificina? O que seria da civilização do mundo se a injusta violência pudesse sempre se impor sem resistência?

Ottolenghi – Continue, estou ouvindo.

Comandante da 10ª – É que você deve admitir que é preciso defender a moralidade das próprias ideias, mesmo com o risco da vida. O cansaço e o horror não são argumentos válidos para condenar a guerra. Os soldados esta noite se amotinaram. Têm razão ou estão errados? Talvez tenham errado, talvez tenham razão. Talvez as duas coisas. A massa só vê o bem imediato. Mas o que aconteceria se a conduta deles fosse tomada, no exército, como uma norma de conduta geral?

Ottolenghi – A revolta deles é legítima, porque a guerra é essa insuportável carnificina que nós vemos, por causa da incapacidade dos nosso chefes.

Comandante da 11ª – Isso é verdade.

Comandante da 12ª – Nesse ponto Ottolenghi tem razão.
Um grupo de subtenentes – É a verdade.
Avellini – Nem mesmo eu posso negar.
Ottolenghi – Estão vendo? Vocês também são obrigados a me dar razão.
Comandante da 10ª – Nós entramos em guerra com chefes políticos e militares despreparados. Mas esse não é um argumento que nos induz a abandonar as armas.
Ottolenghi – Nossos generais parecem que foram mandados pelo inimigo para nos destruir.
Um grupo de subtenentes – É verdade.
Comandante da 11ª – Infelizmente é assim.
Ottolenghi – E em torno deles um bando de especuladores protegidos por Roma fazem seus negócios sobre as nossas vidas. Vocês viram outro dia na distribuição de sapatos ao batalhão. Que belos sapatos! Sobre as solas, com belos caracteres tricolores, estava escrito "Viva a Itália". Depois de um dia na lama, descobrimos que as solas eram de papelão envernizado, cor de couro.
Um grupo de subtenentes – Isso é verdade.
Comandante da 12ª – Desgraçadamente é verdade.
Ottolenghi – Os sapatos não são mais que um detalhe. O terrível é que envernizaram a nossa própria vida, estamparam sobre ela o nome da pátria e nos conduzem ao massacre como ovelhas.
A porta abriu-se. A conversação foi interrompida. O major Frangipane entrou seguido do major Malchiorri e dois ajudantes de ordens.
Nós nos levantamos.
– Propus – dizia o major Malchiorri – que se fuzilem imediatamente dez soldados por companhia. É preciso dar um exemplo solene.
– Contra soldados que não se utilizam de armas não se pode aplicar a pena capital – respondia o nosso major.
– Também o comandante da divisão é a favor do fuzilamento.

Nós escutávamos os dois majores sem falar. Ottolenghi dirigiu-se a nós e disse:
– Sou pelo fuzilamento do comandante da divisão.
O major Frangipane estava cansado e triste.
– Vão dormir – disse-nos – basta um oficial de serviço por companhia. Pela manhã saberemos o resultado da decisão que tomará o comando do corpo da armada.

XXVI

O regimento estava de novo na trincheira. O comandante do corpo da armada tinha seguido a opinião do comandante de brigada e rejeitado a proposta de aplicar a pena capital. Só sete, entre sargentos, cabos e soldados, tinham sido apontados ao Tribunal Militar e condenados à reclusão. Tinha sido depois concedida a eles a prestação de serviço em outros regimentos do *front* para poder conseguir, com boa conduta, a extinção da pena. Os turnos de trincheira e de repouso continuaram como antes.

À medida que o sol de primavera trazia calor para a montanha, a neve perdia sua espessura. Com o nível da neve abaixavam-se os parapeitos das nossas trincheiras. Os grandes bastiões perdiam suas torres e as armações eram desfeitas. Toda semana era retirada uma quantidade de sacos repletos de neve e a linha das seteiras de vigilância descia lentamente até o limite do solo.

Com o bom tempo retornaram os projetos de ação. As baterias de diversos calibres surgiam de vários pontos como cogumelos. Todos os cumes dos montes que circundavam a concha do Asiago às nossas costas tinham-se transformado numa ininterrupta cadeia de baterias dissimuladas. As baterias de campo e de montanha mais próximas de nós não eram mais que postos avançados daquele grande conjunto de bocas de fogo. Dessa vez empregavam-se grandes meios. Outras baterias continuavam a chegar pelas rotatórias de

Conco e de Foza, construídas durante o inverno. Baterias de bombardeiros de trincheira instalavam-se atrás da linha de frente. Da planície veneta afluíam, dia e noite, longas colunas de camionetas carregadas de munição. A seção de engenharia trabalhava para encher de gelatina duas grandes minas: uma sob Casara Zebio, outra à altura de 1.496 m, na direção do Monte Interrotto. Era de novo a guerra ativa que se anunciava. Mas em abril, a neve, que tinha diminuído nos pontos mais baixos, mantinha-se ainda alta ao redor de todas as nossas posições.

O meu batalhão estava em repouso, nos turnos habituais, em Ronchi. O major Frangipane, ferido na trincheira por um estilhaço, estava no hospital e eu comandava o batalhão.

O tenente Ottolenghi apresentou-se e me pediu autorização para fazer uma excursão com os esquiadores do batalhão. Como continuasse comandante da seção de metralhadoras do batalhão, ele não tinha nenhuma relação com os esquiadores. Mas, durante o inverno, nós tínhamos feito juntos, por puro diletantismo, longos exercícios, e tínhamos nos tornado bons esquiadores. Ele tinha se apaixonado pela coisa. Os esquiadores do batalhão constituíam um esquadra especial comandado por um sargento. Tinham feito um curso regular em Bardonecchia, e, segundo as diretivas gerais sobre a guerra na montanha, seriam usados como patrulhas de reconhecimento, além das nossas linhas. Mas, entre as nossas trincheiras e as trincheiras inimigas a distância era tão curta que não ofereciam espaço suficiente para operações de patrulha em esquis. As poucas experiências feitas desaconselhavam o emprego à noite. O terreno, além disso, era recoberto por árvores caídas e arame farpado e tinha ficado difícil de percorrer. De dia não havia um só ponto em que as nossas patrulhas pudessem sair sem serem notadas, e de noite fazíamos sair excepcionalmente homens usando raquetes de andar na neve. Mas, no dia seguinte os traços eram visíveis, o que fazia o inimigo redobrar a vigilância. A esquadra de esquiadores, portanto, não era de nenhuma utilidade prática. O comandante do batalhão ordenava que saísse em excursão por Campomulo, Croce di Longara, Monte Fior, Foza, para mantê-la em treinamento, mas nunca a tinha empregado além das nossas linhas.

Ottolenghi tinha participado dessas excursões outras vezes, como eu. O seu pedido fazia parte, portanto, dos hábitos da nossa vida invernal. As exigências do serviço se opunham, e concedi que levasse consigo apenas meia esquadra de esquiadores.

– Não – disse-me Ottolenghi –, com meia esquadra não posso fazer nada de útil. Queria fazer com os esquiadores um verdadeiro e próprio exercício de guerra, com lançamento de granadas e petardos. Queria empregar toda a esquadra, porque só assim seria possível desenvolver uma ação completa de patrulha. Estamos às vésperas de uma grande ação: gostaria de preparar uma boa esquadra de especialistas, como são nossos esquiadores.

Eu também estava muito interessado em exercícios do gênero e acabei por ceder. Ottolenghi partiu com a esquadra completo: dez homens, um cabo e um sargento. As mochilas estavam carregadas de granadas. Recebi, mais tarde, o relato da excursão.

– A ordem do comandante do batalhão – disse Ottolenghi aos esquiadores – é executar uma operação de guerra, rápida e secreta. Assim, vocês serão postos à prova. Dentro em pouco haverá uma grande ação e nós deveremos estar adequadamente preparados. Desta vez faremos a guerra a sério, não com escadas e pontes. Uma operação de guerra como esta que nós, hoje, temos ordens de cumprir contra o inimigo. Onde está o inimigo? Essa é a questão. Os austríacos? Não, evidentemente. Os nossos inimigos naturais são os nossos generais. Se nas redondezas estivesse sua excelência o general Cadorna, ele seria o inimigo principal e seria apenas questão de encontrá-lo. Ele não está por perto, desgraçadamente. E não está perto nem mesmo o comandante de armada. O próprio comandante de corpo de armada está muito longe, emboscado ao pé do altiplano. Os grandes generais detestam a neve. Quem está aqui então? Só os pequenos. Permanece o comandante da divisão, pequeno, mas perfeito. Uma rara inteligência. Uma inteligência rara.

Os esquiadores conheciam bem Ottolenghi. A sua reputação no batalhão tinha se consolidado há muito tempo. Eles o escutavam divertidos.

– Não iremos, todavia – disse o sargento entre sério e brincalhão –, não iremos certamente, com estas granadas, atacar o senhor comandante da divisão.

– Diretamente não. Nós não atacaremos o senhor general pessoalmente, embora isso constituísse, sem dúvida, um notável passo em direção da vitória. As ordens do comandante do batalhão são: "Façam o que quiserem, mas poupem a vida do general". E nós obedeceremos. Nós lhe pouparemos a vida, mas o atacaremos nos seus bens. Nós faremos uma fulminante e arriscada operação no armazém de víveres da divisão, pilhando o máximo que nos for possível.

O interesse dos esquiadores chegou às alturas. Ottolenghi explicou a eles todos os particulares do plano que tinha concebido. Desse modo, partiram para a execução entusiasmados, Ottolenghi à frente.

O armazém de víveres era uma grande barraca de madeira, erigida ao longo da estrada entre Campomulo e Foza, num minúsculo vale, que a ocultava dos observadores inimigos. Em torno dela a neve estava muito alta. Ottolenghi e os esquiadores conheciam o armazém muito bem por terem passado perto dele em outras excursões. O armazém continha um rico depósito de gêneros alimentícios para a tropa e para a mesa dos oficiais de todos os destacamentos que faziam parte da divisão. Havia também, em abundância, garrafas de vinho e de licores, presuntos, mortadelas, salames e queijos.

A esquadra fez um largo giro para surpreender o armazém pelo alto e para tornar irreconhecíveis a proveniência dos rastros dos esquis. Pelo cair do sol chegaram unidos a um quilômetro acima da estrada. De lá, sempre juntos, desceram direto na direção do armazém. A uma centena de metros a patrulha se dividiu. Ottolenghi, o sargento e seis soldados formaram a primeira esquadra, a "tática", dividida em dois grupos; os outros cinco, com o cabo, formaram a esquadra "logística".

Com esses nomes Ottolenghi tinha batizado as duas esquadras. A primeira esquadra destinava-se a agir de frente, de cara para o armazém; a segunda, pelas costas.

A primeira esquadra partiu na descida, lançando granadas, petardos, e gritando. Os gritos e as explosões chamaram a atenção do militares responsáveis pelo armazém. Todos se lançaram para fora. O espetáculo era extraordinário. Os esquiadores acompanhavam o lançamento dos explosivos com hábeis evoluções. Os homens passavam velozmente no meio das nuvens dos petardos fumegantes e do explodir das granadas, dando a impressão de duas patrulhas, uma atacada pela outra furiosamente. Aos pacíficos militares dos víveres, perplexos, escapava que os petardos que explodiam na superfície da neve, eram todos "ofensivos" e, portanto, quase inócuos para quem os lançava, e as bombas mais perigosas explodiam muito mais longe, embaixo, afundadas na neve. Era uma excepcional e real visão da guerra. Os militares dos víveres, designados sempre para o serviço de subsistência na retaguarda, nunca tinham visto um combate. Por um instante, pareceu-lhes que aqueles combatentes loucos esquartejavam-se mutuamente, heroicamente, diante de seus olhos. E o espanto deu lugar ao horror.

Enquanto o combate se desenvolvia diante dos olhos aterrorizados dos responsáveis pelo armazém, a esquadra "logística", nas costas, agia com menor intrepidez. Os cinco homens desembaraçaram-se dos esquis e, pelas janelas, saltaram para dentro do armazém e saíram carregados. Ottolenghi tinha-os equipado com mochilas, sacos alpinos e sacolas. Saíram de lá repletos de presuntos, mortadelas, salames e garrafas. Reequipados com os esquis desapareceram na valada oposta à de Ronchi.

A arriscada operação tinha tido um resultado brilhante em todos seus aspectos.

De noite, à mesa, Ottolenghi ofereceu-nos quatro garrafas de Barbera, em nome do dia do santo padroeiro de seu avô. "Seu avô?", pensava eu. Na manhã seguinte surgiram minhas primeiras suspeitas.

Um fonograma circular urgente do comando de divisão relatava o acontecido e ordenava que os comandos dependentes iniciassem uma pronta investigação para descobrir os culpados. O general exigia que tal "banditismo" fosse punido sem piedade. Eu tinha apenas acabado de ler o fonograma quando surgiu a novidade matinal de que o sargento Melino, da Décima Companhia, tinha sido ferido. Atingido na perna por um estilhaço de granada, o oficial médico tinha cuidado dele e o colocado em repouso por uma semana. O sargento Melino era precisamente o sargento dos esquiadores. Era um veterano da minha companhia e eu o havia promovido a cabo, cabo superior e sargento. Eu próprio tinha-o escolhido para fazer o curso de Bardonecchia e tinha nele a maior confiança. Fui visitá-lo. Tinha a perna enfaixada e estava deitado.

– O batalhão está em descanso – disse-lhe – e o senhor se deixa ferir por uma granada? Pode me explicar esse ferimento?

Havia soldados nas proximidades e o sargento fez-me entender que era conveniente afastar-se. Consegui fazê-lo sair.

– O que significa todo esse mistério? – perguntei-lhe.

O sargento contou-me tudo. Os presuntos, as mortadelas, os salames e muitas garrafas tinham sido distribuídas na mesma noite pelas esquadras do batalhão, em segredo, por meio de esquiadores que pertenciam a diferentes companhias. Provavelmente não tinha restado nem sinal deles.

As coisas podiam se complicar. Chamei o tenente médico e mandei suspender a comunicação oficial do ferimento do sargento. Depois interroguei Ottolenghi.

– Desde quando – perguntei-lhe – as revoluções se fazem roubando presuntos e mortadelas?

– Nas revoluções sempre houve roubos.
– Presuntos?
– Também presuntos.
– É uma bela operação a que você fez o batalhão executar. Lê aqui a circular do comandante de divisão. Lê aqui o relatório sobre o ferimento do sargento Melino. Como você acha que o batalhão vai sair dessa?
– E o que você pretende fazer? – perguntou-me. – O prestígio do batalhão só pode aumentar por causa dessa operação. Não se pode negar: foi magnífica. Se tivesse comigo um pelotão teria levado embora o armazém inteiro, incluindo açúcar e café. O que você me diz de repetir o golpe contra o comandante de divisão em pessoa? Você topa? Me diga, você topa? Ninguém vai saber de nada, te asseguro. Nós o faremos prisioneiro. Será um segredo absoluto. Os soldados nem acreditarão que irão poder se distrair um pouco. Topa?

Chamei os oficias para uma reunião. Li o fonograma da divisão e ordenei investigações imediatas. Depois de algumas horas comunicaram-me por escrito o resultado das buscas. Era negativo. Os comandantes de destacamento excluíam qualquer possibilidade de envolvimento de seus subordinados nos acontecimentos. Até Ottolenghi mandou um relatório negativo.

Pouco tempo antes de nos reunirmos para comer avistei Avellini e perguntei-lhe:

– Confidencialmente, aqui entre nós, você sabe alguma coisa dessa história do armazém da divisão?

– Os meus soldados comeram presuntos e salames a noite inteira. Já tivemos algumas indigestões. Eles estavam com uma sede do diabo e eu mandei comprar alguns frascos de vinho, porque parece que as garrafas surripiadas não eram muitas.

O relatório do comandante do regimento também foi negativo.

XXVII

A grande ação da armada estava sendo preparada intensamente. Era certo que a nossa brigada teria participação importante. Aos oficiais foram distribuídos mapas topográficos da região, até Cima XII e Vale Lagarina. De quando em quando disparos isolados de canhão anunciavam o ajustamento de tiro de novas baterias. Também a colocação dos morteiros de lançamento de bombas tinha sido concluída. Só o setor do nosso regimento contava com uma vintena de baterias, ordenadas em grupos.

Para compensar os soldados das fadigas do inverno e para animá-los à ação, a brigada foi mandada a repouso na planície. O nosso batalhão alojou-se em Vallonara, aos pés do altiplano.

O repouso não durou muito. Foram somente oito dias. Mas aquela foi uma semana encantadora. Depois de Aiello, um ano antes, os soldados não tinham vivido no meio da população civil. O cansaço e o descontentamento desapareceram num instante e todos assumiram perante os civis um ar de segurança e proteção marcial. Não éramos nós os salvadores do país? Se nós não tivéssemos combatido, a população não teria sido obrigada a abandonar as casas e os campos, e emigrar desesperada, em direção ao interior, para viver de subsídios miseravelmente distribuídos pelo Estado? Com que admiração as jovens olhavam os soldados!

Aqueles dias foram para o batalhão dos mais agradáveis de toda a guerra. Os soldados estavam felizes. Vallonara era uma aldeia de poucas centenas de habitantes, mas na rica campina, entre Bassano e Maróstica, havia, dispersas, milhares de fazendolas. Durante as horas livres elas se tornaram, hospitaleiras e festivas, o centro de reuniões da esquadra, e de grupos isolados de soldados. População e soldados competiam em generosidade recíproca. Tudo o que os soldados possuíam foi oferecido gostosamente. Eles se tornaram naquele período os senhores da planície. Toda companhia tinha também seus soldados sedentários. Solitários e introvertidos, estes eram insensíveis àquela vida agitada. Sequer saíam e, misantropos, vagavam em redor do acampamento. Mas os mais jovens, correndo daqui pra lá como cavaleiros errantes, sorviam a alegria que estava no ar. Nas tardes vermelhas e tépidas daquele maio único, em toda companhia soavam cantos populares e regionais. E as vozes, não mais graves, dos soldados, combinavam com os cantos das mulheres em festa. Como novamente a vida tinha se tornado bela! Um dia passando ao longo de uma fileira de videiras para fazer a verificação de um fio telefônico do batalhão, olhando para cima, deparei com um soldado da Décima. Ele estava com uma jovem camponesa. Estirados sobre a erva, sob um arco de videira, confidenciavam seus segredos um ao outro. Eu não os tinha percebido, de outro modo os teria evitado. O encontro foi repentino para mim e para eles. O soldado ergueu-se num pulo, colocou-se em posição de sentido e bateu continência. Estava vermelho e confuso. Ao seu lado, lentamente, lentamente, com uma calma graciosa, a mulher também se levantou. Esguia e loira, ela parecia ainda mais loira ao lado do homem, moreno, com os cabelos negros. Olhou-me por um instante com um sorriso tímido, abaixou os olhos e, protetora, apertou seu corpo contra o do soldado. Tirei a carteira, saquei uma nota dez liras e disse, dando-a ao soldado:

– O capitão está orgulhoso de ver um soldado seu em tão bela companhia.

O soldado pegou o dinheiro ainda embaraçado, e a jovem exibiu um largo sorriso, movendo o corpo, os grandes olhos abertos e cheios de graça. Como eram felizes! Eu também me sentia feliz.

Feliz e infeliz ao mesmo tempo. Os meus problemas sentimentais, de fato, não estavam claros.

Naqueles dias Avellini estava no auge da felicidade. A família de Maróstica convidava-nos frequentemente para o chá, mas eu, que comandava ainda o batalhão, estava preso, mesmo durante as tardes, por uma infinidade de obrigações de serviço e só raramente podia ir. Ele estava mais livre e não faltava nunca.

Um sucesso pessoal aumentou sua alegria. O comandante da brigada tinha-o encarregado de fazer uma conferência aos oficiais da brigada, sobre a tática da companhia em combates na montanha. Ele tinha se preparado com entusiasmo e eu o tinha até ajudado, colocando à sua disposição minha longa experiência de guerra. Nós detestávamos as conferências mais que os grossos calibres, mas Avellini falou com talento. O general congratulou-o e o mencionou ao comando da divisão como um distinto oficial de carreira. Ele não conseguia conter sua alegria. Depois da conferência fez-me algumas confidências. Amava sua carreira militar mais que tudo. Poder se distinguir como comandante de companhia, entrar na Escola de Guerra e no serviço do estado-maior, comandar uma bateria de artilharia, depois um batalhão de infantaria, estudar, estudar sempre. Servir o país assim, contribuir para dar-lhe um exército, um grande exército, para poder reafirmar suas glórias militares! Ele parecia não pedir mais nada da vida.

À tarde fomos juntos ao chá de Maróstica e foi ele o festejado.

O repouso passou como um sonho.

XXVIII

Em 8 de junho os austríacos, prevendo a ofensiva, fizeram explodir a mina sob Casara Zebio, aquela por causa da qual passamos a noite de Natal no *front*. A mina destruiu as trincheiras, sepultou os destacamentos que as vigiavam, junto com oficiais de um regimento que ali tinham feito uma parada durante um reconhecimento. A posição foi ocupada pelo inimigo. O acontecimento foi considerado um mau presságio.

No dia 10, a nossa artilharia abriu fogo às cinco da manhã. A grande ação, que se estendia por cinquenta quilômetros, do Vale d'Assa a Cima Caldiera, estava iniciada. Sobre o altiplano, incluindo os lançadores de morteiros pesados de trincheira, não havia menos do que mil bocas de fogo. Um barulho tremendo e incessante, entre estrondos que pareciam sair do ventre da terra, sacudia o solo. A própria terra tremia sob nossos pés. Aquilo não eram tiros de artilharia. Era o inferno liberado. Tínhamos sempre lamentado a falta de artilharia: agora tínhamos a tal artilharia.

Os destacamentos tinham sido retirados das trincheiras e só poucas sentinelas as vigiavam. O Primeiro e o Segundo Batalhão do regimento estavam abrigados nas grandes cavernas escavadas durante o inverno. O Terceiro Batalhão estava com todas as quatro companhias a descoberto, na linha de frente dos dois pequenos redutos de retaguarda. As pequenas cavernas existentes nessa área estavam ocupadas pelos artilheiros de montanha que tinham ali montado a bateria, e pelos nossos operadores de metralhadoras.

A artilharia inimiga contra-atacou nossas baterias com os grossos calibres, mas não atirou sobre a linha de frente. Contra nossa linha de frente quem atirou foi nossa própria artilharia.

O que aconteceu não foi suficientemente esclarecido. Algumas baterias de calibre 149 e 152 mm da marinha atiraram sobre nós. Os batalhões que estavam nas cavernas nada sofreram, mas o meu, desde o início, teve graves perdas. O major Frangipane, que tinha voltado fazia poucos dias, foi um dos primeiros a serem atingidos, e assumi o comando do batalhão. A linha dos dois pequenos redutos, nos quais o meu batalhão tinha ordens de permanecer foi inteiramente destroçada. Os pequenos redutos tinham sido construídos contra tiros que viessem pela frente não contra tiros dados pelas costas. A Nona e a Décima Companhia foram ceifadas ao meio. O tenente Ottolenghi, que fez sair as metralhadoras das cavernas e reordená-las em campo aberto, gritava:

— É preciso marchar sobre as baterias que estão atirando sobre nós e metralhá-las!

Eu o vi a tempo, corri até ele e o obriguei a retomar seu posto. Desloquei as companhias uns cem metros para trás e informei ao comando do regimento. O batalhão já tinha muitos mortos. As macas eram insuficientes para transportar os feridos para os postos de socorros médicos.

Enquanto eu andava de destacamento em destacamento, passou um coronel de artilharia seguido de dois tenentes. A cabeça descoberta, pistola na mão, entre as explosões de granada, gritava:

— Matem-nos, matem-nos!

Fui ao seu encontro e propus que se servisse dos meus oficiais para comunicar às baterias a ordem para mudarem as posições de tiro. Ele sequer se deu conta de que eu era um oficial. Não me respondeu e continuou a gritar frases desconexas. Os dois tenentes o seguiam, mudos, os olhares perdidos. Eu começava a perder a calma. Para a ação, o comando da brigada tinha se estabelecido nas proximidades, atrás do meu batalhão. Fui para lá correndo. Encontrei o general comandante da brigada, no fundo de uma pequena caverna, sentado, com um microfone na mão. Contei-lhe apressadamente o que acontecia. Ele me escutava com uma calma próxima do desânimo. Eu falava de modo agitado, mas ele continuava indiferente. Na excitação eu deixei escapar:

— Senhor general, quantos despropósitos estamos cometendo hoje!

O general levantou-se impetuosamente. Por um momento pensei que ele fosse me expulsar do recinto. Veio ao meu encontro e me abraçou, chorando:

— Meu filho, essa é a nossa profissão – respondeu.

Soube que, por mais de uma hora, ele enviara mensageiros e fonogramas inutilmente. Eu regressei ao batalhão, desesperado. No setor do Segundo Batalhão aconteciam coisas piores. O major Melchiorri se havia instalado numa pequena caverna, ao lado da grande caverna na qual estava abrigada a Quinta Companhia. O fogo da artilharia o impressionou muito. Egresso das colônias, ele nunca tinha assistido na África essa maneira de fazer a guerra. Seus nervos não puderam resistir. Tinha bebido sozinho uma garrafa de conhaque e mandado todo o comando do batalhão sair à procura de uma outra. Ele esperava a garrafa, quando, da caverna da Quinta Companhia, chegou o barulho de um tumulto.

A caverna da Quinta era, entre todas as outras do regimento, a que tinha sido escavada da pior maneira. Foi uma das primeiras a ser construída e os que nela trabalharam não tinham ainda adquirido prática suficiente. Era longa horizontalmente mas não suficientemente escavada na profundidade. Podia conter uma companhia inteira, mas tinha pouca proteção. Só tinha condições de resistir bombardeios de pequeno calibre. Talvez pudesse resistir a outros calibres, mas os que estavam lá dentro não tinham essa impressão. Nessa manhã, os nossos 149 e 152 mm tinham-na particularmente sob mira. Algumas granadas explodidas na entrada tinham matado alguns soldados e o capitão comandante da companhia. Baterias inteiras despejaram uma tempestade de disparos contra ela. A companhia por fim, aturdida pelo martelar ininterrupto, sufocada pela fumaça das explosões, privada de seu comandante, não soube resistir. Os soldados tinham a impressão de que o teto da caverna iria desabar de um momento para outro e esmagar a todos. Queriam sair a campo aberto. Gritavam:

– Fora! Fora!

O major Melchiorri ouviu os gritos e pediu informações. Quando soube que os soldados queriam sair da galeria foi tomado de um acesso de raiva. As ordens dadas exigiam que os destacamentos não se movessem dos postos a eles designados antes da hora fixada para o assalto.

– Nós estamos frente ao inimigo – gritou o major – e ordeno que ninguém se mova. Quem se mover verá!

A segunda garrafa tinha chegado e o major esqueceu a Quinta Companhia. O bombardeio continuava. Não passou muito tempo. A companhia atirou-se para fora da galeria e se reordenou, no exterior, numa espécie de vale lateral, não atingido pela artilharia.

O major acreditou que estava diante de um motim. Estava convencido disso. Uma companhia, pouco antes do ataque, com armas na mão, a poucos metros do inimigo, recusava-se a obedecer. Para ele, não havia dúvida. Era preciso, portanto, reagir imediatamente com os meios mais enérgicos e punir a sedição. Furibundo, saiu da caverna. Pôs a companhia em fila e ordenou a decimação, isto é, que fosse escolhido um soldado entre dez para fuzilamento imediato.

A Quinta Companhia obedecia às ordens sem reagir. Enquanto um ajudante de major contava os soldados e designava um entre dez para serem passados pelas armas, a notícia espalhou-se pelos outros destacamentos do batalhão e vários oficiais acorreram. O major explicou que pretendia se valer da circular do comando supremo sobre a pena de morte com procedimento excepcional. O comandante da Sexta Companhia estava entre os presentes. Era o tenente Fiorelli, o velho comandante da Sexta nas operações de agosto, que, refeito dos ferimentos e promovido a capitão, tinha retomado o comando da sua companhia. Ele observou que o delito de amotinamento frente ao inimigo não tinha ocorrido, e que, se o delito tivesse realmente sido cometido, o major não teria o direito de ordenar a punição sem o parecer do comandante do regimento.

As considerações do capitão irritaram o major. Ele empunhou a pistola em direção ao peito do capitão Fiorelli.

– O senhor se cale – respondeu-lhe o major – cale-se ou de outro modo se tornará cúmplice de amotinamento e responsável pelo mesmo delito. Só eu, aqui, sou o comandante responsável. Eu sou, frente ao inimigo, o árbitro da vida e da morte dos soldados colocados sob meu comando, se infringem a disciplina da guerra.

O capitão manteve-se impassível. Calmo, pediu algumas vezes mais a permissão de falar. O major impôs-lhe silêncio.

A seleção tinha sido ultimada no meio da Quinta, e vinte soldados, separados dos outros, esperavam.

O major ordenou sentido, e ele mesmo colocou-se em posição de sentido. O fragor da artilharia era ensurdecedor e ele precisou gritar para fazer-se ouvir por todos. Falava solene:

– Em nome de Sua Majestade o Rei, comandante supremo do exército, eu major Melchiorri, cavaleiro Ruggero, comandante titular do Segundo Batalhão do 399º de Infantaria, valho-me das disposições excepcionais de Sua Excelência o general Cadorna, seu chefe de estado-maior, e ordeno o fuzilamento dos militares da Quinta Companhia, culpados de amotinamento com armas frente ao inimigo.

O major, a esse ponto, já estava exaltado e não escutava mais do que a si mesmo. Mas o estado de ânimo no qual ele se achava não era o mesmo nem dos oficiais presentes, nem da Quinta Companhia, nem dos escolhidos para morrer. Jamais, na nossa brigada tinha sido realizado um fuzilamento. Essa punição parecia um acontecimento tão precipitado e extraordinário que não se podia nem mesmo considerar possível. Mas é preciso que todos acreditem no drama para que ele aconteça. O major Melchiorri estava no centro do drama, protagonista já contestado.

O major ordenou que o capitão Fiorelli, com um pelotão da sua companhia, tomasse o comando do pelotão de execução.

– Eu – respondeu o capitão – sou comandante titular da companhia e não posso comandar um pelotão.

– O senhor, então, se recusa a executar a minha ordem? – perguntou o major.

– Não me recuso a executar uma ordem. Assinalo apenas que sou capitão e não tenente; comandante de companhia, não de pelotão.

– Em resumo – gritou o major, apontando novamente a pistola para o capitão – o senhor executa ou não executa a ordem que eu lhe dei?

– Não, senhor.

– Não executa?

– Não, senhor.

O major teve um momento de hesitação e não disparou sobre o capitão.

– Muito bem – retomou o major – ordene que um pelotão de sua companhia entre em fila.

O capitão repetiu a ordem ao subtenente comandante do Primeiro Pelotão da Sexta. Em poucos minutos, o pelotão saiu da caverna e entrou em fila. O subtenente recebeu do major, e repetiu a seus soldados, a ordem de carregar as armas. O pelotão já tinha os fuzis carregados. Em frente, imóveis, aturdidos, os vinte aguardavam.

O major ordenou apontar.

– Apontar – ordenou o tenente.

O pelotão colocou-se em posição de apontar armas.

– Ordene o fogo – gritou o major.

– Fogo – ordenou o tenente.

O pelotão executou a ordem. Mas disparou para o alto. A descarga dos fuzis passou tão alta, tão acima da cabeça dos condenados, que eles permaneceram no seus lugares, impassíveis.

Se tivesse havido uma combinação entre o pelotão e os vinte, eles teriam podido se atirar no chão, fingindo-se de mortos. Mas entre eles não tinha havido mais do que uma troca olhares. Depois da descarga, entre os vinte, um deles sorriu. A ira do major explodiu de maneira irreparável. Com a pistola na mão, deu alguns passos em direção aos condenados, o rosto transtornado. Parou no centro e disse:

– Então eu mesmo castigo os rebeldes!

Teve tempo de disparar três tiros. Ao primeiro, um soldado atingido na cabeça, desabou no chão; ao segundo e ao terceiro caíram outros dois soldados, alvejados no peito.

O capitão Fiorelli tinha sacado a pistola.

– Senhor major, o senhor enlouqueceu.

O pelotão de execução, sem qualquer ordem, apontou para o major e abriu fogo. O major retorceu-se, crivado de balas.

Faltavam poucos minutos para o assalto. Os calibres 149 e 152 mm tinham alongado o tiro e não disparavam mais sobre nós. As nossas trincheiras tinham sido arrasadas. Das sentinelas lá deixadas não foram achados senão algumas ainda vivas. Mas nas trincheiras e barreiras inimigas imensas brechas abriam passagem para o assalto. O meu batalhão tinha se confinado na trincheira. Vi a Quinta e a Sexta Companhia, seguidas pela Sétima e pela Oitava, pularem fora de nossas trincheiras e, em massa, chegarem às trincheiras inimigas. Também meu batalhão saiu imediatamente depois, mais à direita. O Primeiro Batalhão e um batalhão de outro regimento da brigada tinham também ocupado as posições inimigas, cheias de mortos.

Foram esses quatro os únicos batalhões que, de Vale d'Assa e Cima Caldiera, tiveram sucesso no ataque. No resto do *front* a ação fracassou. A bomba, da altitude 1.496 m na extrema esquerda da divisão, tombou sobre os nossos próprios homens e tornou inacessíveis as posições inimigas. As nossas perdas foram grandes. Eu tinha iniciado a ação como comandante de companhia e a tinha terminado como comandante de dois batalhões – o Terceiro e o Primeiro –, que tinham ficado sem capitão.

Com a ação, que não foi bem-sucedida senão em nosso setor, a nossa posição avançada, atingida nos flancos pelo fogo inimigo, tornava-se insustentável. Ao cair da noite recebemos ordens de retornar para as trincheiras de onde tínhamos partido.

De noite o capitão Fiorelli veio me visitar. Estava abatido. Contou-me sobre a morte do major Melchiorre da qual ele se sentia em parte responsável. Disse-me que tinha feito tudo para morrer em combate. A sorte resolveu poupá-lo. Ele, no entanto, considerava-se obrigado a fazer seu dever e denunciar o fato ao comando do regimento. Não consegui dissuadi-lo. No dia seguinte com uma declaração escrita, denunciou a si mesmo. Os comandantes da brigada, da divisão e de corpo de armada foram informados imediatamente. Ele, o tenente submajor do Segundo Batalhão, e o subtenente da Sexta foram denunciados ao Tribunal Militar e considerados prisioneiros. Os três oficiais, acompanhados de um capitão dos policiais militares e de uma escolta, passaram no meio do meu batalhão. Quando passavam os soldados levantaram-se, colocaram-se em posição de sentido e bateram continência.

XXIX

Não relato e não revejo senão aquilo que me causou maior e mais profunda impressão.

A ação foi retomada no dia 19, mas o meu batalhão, que tinha sofrido as maiores perdas, foi deixado como reserva de brigada e não tomou parte nos combates.

Em sua grande maioria, os feridos do batalhão tinham sido transportados para a retaguarda, enviados a hospitais das linhas mais recuadas, com as ambulâncias das divisões. Avellini, entre os mais graves; tinha permanecido no hospital de campo, próximo a Croce di Sant'Antonio. Seu estado não permitia transporte. Tinha sido ferido nas trincheiras inimigas, encabeçando sua companhia, e os ferimentos eram graves. Tinha perdido um olho, mas a ferida mais grave estava no abdômen. Antes que os transportadores o levassem ele quis me ver e eu constatei, desde o primeiro momento, a gravidade do seu estado. Fez um esforço para se erguer da maca, mas perdeu forças e desmaiou. Depois disso não o revi. Embora o batalhão estivesse atrás, na reserva, as obrigações de serviço impediam-me de visitá-lo. Podia apenas telefonar ao diretor do hospital e obter de vez em quando notícias dele. Sua temperatura era sempre elevada.

No dia 22 o diretor do hospital telefonou-me dizendo que Avellini queria me ver imediatamente e que não perdesse tempo, porque seu estado era desesperador. Pedi autorização ao comando do regimento, o que me permitiu deixar o batalhão por algumas horas.

Como estava transformado o meu amigo! Desde o dia 10 não comia mais; a ferida no abdômen impunha-lhe um jejum absoluto. Antes tão forte e cheio de vida, agora tão esquálido. Estendido sobre a pequena cama de campanha, os lábios brancos, imóvel, parecia um cadáver. Só uma contração da boca, similar a um sorriso amargo, mostrava que ele vivia e sofria. Eu tive a imediata impressão de que ele estava no fim da vida. E pensei em seus sonhos de carreira militar, o serviço de estado-maior, suas promoções, o grande exército nacional. Pobre Avellini! Certo, ele teria me falado ainda de tudo isso.

Tinha os dois olhos envolvidos por bandagens, de modo que não me pôde ver quando entrei. Mas ouviu meus passos e compreendeu que era eu. Com voz apenas audível chamou-me pelo nome.

– Sim – respondi –, sou eu. Não fale. Não se canse. Só eu falo. O médico me disse que existem boas esperanças. Mas é preciso que você não se canse. Todo o batalhão manda lembranças e quer te rever logo. Mas você deve pensar em sarar. Não há pressa. Até porque a guerra vai durar ainda, infelizmente. Todos pensam em você. Sobretudo os soldados da tua companhia...

– Os soldados?

– Sim, os soldados. Quis expressamente passar na tua companhia antes de vir para cá. Também o coronel manda um saudação, e tenho ainda umas boas coisas para te contar em seu nome.

– Obrigado. Obrigado. Me deixa falar... Sabe, está acabado...

– Mas o que você está dizendo? Não diga bobagens. É preciso pensar em sarar.

O mínimo esforço causava-lhe sofrimento. Mesmo aquelas poucas palavras que tinha dito causavam-lhe grande fadiga. Em seu rosto não havia mais que contrações de dor. Eu trazia notícias para transmitir-lhe que o agradariam. Talvez se reanimasse.

– Tenho ainda uma bela notícia pra você. Adivinha...

Ele fez um gesto com a mão. Era curiosidade ou indiferença? Eu continuei.

– Você foi indicado para receber a medalha de prata por valor militar no campo de batalha. E também foi indicado para ser promovido a capitão por mérito de guerra. O comando da brigada já manifestou opinião favorável. Certamente as duas propostas serão aprovadas pelo comando superior. É isso que o coronel me encarregou de te dizer.

Ele levantou as mãos descarnadas, e as deixou descaírem com uma expressão de impotência. Parecia querer dizer: "Pra que serve tudo isso?"

– Te chamei, sabe, por isto... fica perto de mim, como um irmão. Me deixa falar.

Ele falava penosamente, em monossílabos.

– Você se lembra daquele maço de cartas?

– Sim, lembro bem.

– Na minha maleta de ordenança, lá nos transportes, você vai encontrar dois. Dois maços. Você sabe a quem deve enviar.

Eu me esforcei para fazer um gracejo que o animasse um pouco, e disse:

– Aquelas cartas dão sorte. Deram sorte por ocasião da bomba. Vão trazer de novo para os teus ferimentos.

– Sim, sim, trazem sorte. Você pode enviar. Mas eu preferiria que você as entregasse pessoalmente. E acrescentasse ainda esta.

Eu não tinha percebido que sobre o leito, oculta por sua mão estendida, havia uma carta. Ele a tomou e me mostrou.

– Leia para mim, por favor. Vem perto, perto, perto.

Peguei a carta. Sentei-me ao lado do leito até encostar na coberta. O envelope estava ainda fechado. Perguntei:

– Devo então abrir?

– Sim, sim, mas chegue mais perto de mim.

Debrucei-me sobre o leito. Olhei o envelope. Era endereçada a ele e trazia o selo de Maróstica. Eu tremia. Abri e retirei duas folhas. Não ousava ler. Ele me perguntou:

– Você abriu?

– Sim.
– Então leia para mim, por favor.
Eu desdobrei as folhas e o meu olhar correu para a assinatura. Era o nome da moça loira. Comecei a ler. A voz tremia.
– "Meu menino..."
Avellini levou as mãos aos olhos vendados, como se quisesse com as mãos esconder as lágrimas. Ele chorava. Eu tinha interrompido a leitura e não falava mais. Deixei-o chorar sem dizer uma palavra. Depois de alguns minutos disse-me:
– Continua, continua.
Prossegui na leitura. Uma mulher não poderia escrever palavras com mais ternura do que aquelas que li aquele dia. Tive que interromper a leitura ainda algumas vezes mais porque Avellini não conseguia reter o pranto.
– Que me importa morrer? Que me importa?
Terminei de ler a carta. Ele rogou-me que a lesse uma segunda vez. E reli, interrompendo-me amiúde, como antes, tão intensa era a comoção do amigo.
– Também a morte é bela...
Ele tomou a carta nas mãos e a acariciou longamente. Disse-me:
– Quero que esta fique aqui. Você vem buscar depois da minha morte.
O prazo da minha licença tinha se esgotado. Devia voltar ao batalhão. Não ousava falar mais de esperanças. Levantando-me, perguntei:
– Devo dizer alguma coisa à companhia? Ao coronel?
– Sim, sim. Obrigado.
Ele estendeu as mãos, puxou-me para si e disse:
– Vá você, pessoalmente. Desejo que vá você em pessoa. Diga a ela que meu último pensamento foi para ela. Que não pensei senão nela... diga que morro feliz.
Parti rapidamente para o batalhão. Mas estava tão agitado que, uma vez no batalhão, continuei a caminhar e cheguei até as trincheiras. Só lá percebi que tinha ultrapassado o setor do meu batalhão por mais de um quilômetro.

Tinha apenas chegado ao comando do batalhão e me chamaram ao telefone. Era o diretor do pequeno hospital. Iniciou uma longa divagação para me dizer que Avellini havia piorado, que estava em estado gravíssimo, que não havia mais esperanças. Disse-me, enfim, que estava morto e que tinha deixado uma carta para mim.

Saí da barraca do comando. Havia oficiais e soldados em torno do comando. Não sabia o que dizer, não sabia o que fazer. Depois me encaminhei para a Nona Companhia. Parecia-me que fosse necessário que eu mesmo lhes comunicasse a triste notícia. O único oficial que tinha sobrevivido à ação do dia 10 era um suboficial que havia assumido o comando da companhia. Era muito ligado a Avellini. Fui incapaz de circunlocuções e disse diretamente:

– Avellini morreu, poucos minutos atrás.

– Avellini morreu? – perguntou o subtenente.

– Morreu há pouco – respondi.

Ele me olhou atônito e repetiu:

– Morreu, morreu... morreu.

Logo me pareceu que um pensamento, que não tinha nada a ver conosco, nem com a notícia que recebia, assaltava-o, como alguma coisa incerta. Esse seu estado de espírito durou um instante. Com um gesto rápido agarrou uma garrafa de conhaque que estava a seu lado e, como se fosse um remédio, despejou num copo e bebeu tudo, por inteiro, de um trago.

Aquilo me deixou estupefato e depois irritado.

– Como?! – disse indo em sua direção. – Como? Eu lhe comunico que o seu comandante de companhia está morto, e o senhor, diante de seu comandante de batalhão, se põe a beber assim? E o senhor é um oficial? Um oficial, o senhor?

O subtenente pareceu despertar de um sonho. Respondeu-me, confuso:

– Desculpe-me, senhor capitão. Bebi sem me aperceber, involuntariamente. Dou-me conta só agora. Desculpe-me.

Refiz o caminho que me reconduzia ao comando. Como me parecia triste a vida. Também Avellini tinha partido.

Dos colegas antigos do batalhão não tinha ficado mais ninguém. Ottolenghi também tinha sido ferido – e gravemente – naquele dia 10. Não sabia nem mesmo em qual hospital tinham-no recolhido. Ainda uma vez, somente eu restava. Todos tinham partido mais uma vez. E agora eu deveria procurar cartas, explicar, relatar. Não é verdade que o instinto de conservação seja uma lei absoluta da vida. Existem momentos em que a vida pesa mais que a espera da morte.

XXX

Na metade de julho a brigada desceu em repouso. O batalhão acampou entre Asiago e Gallio, na linha recuada do Monte Sisemol, para fazer ali obras de fortificação. Estávamos sempre sob o fogo da artilharia inimiga, mas bem a coberto, em valadas protegidas dos tiros. Apenas algum raro aparelho inimigo de reconhecimento voava sobre nós, altíssimo, afastado rapidamente pela intervenção das nossas esquadrilhas de caça dos campos de Bassano. Os aparelhos de bombardeio nunca molestaram nosso descanso. Aos dias trágicos seguiam-se até mesmo horas de alegria. Os feridos leves retornavam ao batalhão e recém-chegados, oficiais e soldados preenchiam os vazios das divisões. O tenente de cavalaria Grisoni, depois de uma longa convalescença, tinha sido de novo designado para o batalhão e tinha tomado o comando da 12ª Companhia. Ainda claudicando pelo ferimento no Monte Fior, ele não tinha perdido seu bom humor. A sua alegria foi preciosa para dissipar a nossa tristeza. Logo, recomeçamos a esquecer. A vida retomava, de vento em popa. O meu ordenança, também ferido, tinha regressado do hospital. Voltou à leitura do livro sobre os pássaros e eu, a Baudelaire e Ariosto.

Um dia, quase ao pôr do Sol, estava sobre a estrada principal que do Vale de Ronchi conduz ao Monte Sisemol. Retornava do comando do regimento, que tinha se estabelecido em Ronchi. No meio do caminho cruzei com um coronel sozinho, montado num cavalo alazão. Eu também estava a cavalo e sozinho. Cumprimentei o coronel e continuei o caminho. Tinha feito alguns passos quando ouvi me chamarem pelo nome. Voltei-me: o coronel dirigia a mim a palavra. Fiz o cavalo se virar e fui ao seu encontro.

– Às ordens, senhor coronel – disse.

– Venha até aqui. O senhor não reconhece mais seus superiores?

Era o coronel Abbati. O leitor recorda do tenente-coronel da 301ª, de Stoccaredo e do Monte Fior? Era ele. O vermelho abaixo da estrelinhas indicava que ele era comandante titular de regimento.

– Perdoe-me, senhor coronel – disse eu –, não o tinha reconhecido.

Era, de fato, difícil reconhecê-lo à primeira vista. Estava infinitamente mais magro e mais velho. A sua palidez de âmbar tinha se transformado em cor de limão e os olhos estavam cavados nas órbitas. Parecia cansado e doente.

Fez-me algumas perguntas sobre o meu regimento e depois disse:

– Já começou a beber?

– Como antes, senhor coronel.

– Eu não sei mais se é um bem ou um mal. A questão é mais complicada do que eu podia pensar. Acha-me mudado?

– Um pouco cansado. Parece-me um pouco cansado, mas não propriamente muito mudado.

– Um pouco cansado! Sou um homem acabado. Dentro em pouco me farão general. General por mérito de conhaque. O coronel Abbati conseguiu matar o significado da guerra, mas o conhaque matou o coronel Abbati.

– O que o senhor está dizendo, senhor coronel?

– Não é a guerra de infantaria contra infantaria, de artilharia contra artilharia. É a guerra de cantinas contra cantinas, de barris contra barris, garrafas contra garrafas. Da minha parte, os austríacos venceram. Eu me declaro vencido. Olhe bem para mim: perdi. O senhor não acha que tenho o aspecto de um homem destruído?

– Acho que o senhor fica bem a cavalo, senhor coronel.

– Eu teria que beber também água e muito café. Mas a esta altura, não estou mais em tempo. O café excita o espírito, mas não o desperta. Os licores o despertam. Eu queimei meu cérebro. Não tenho na cabeça mais do que cinzas apagadas. Ainda agito, agito as cinzas na tentativa de achar uma porçãozinha inflamável. Não há mais. Ao menos tivéssemos ainda neve e gelo. Foi-se embora também o frio. Com este sol maldito não vejo senão canhões, fuzis, mortos e feridos que gritam. Procuro a sombra como uma salvação. Mas não a tenho por muito mais tempo. Adeus, capitão.

Alguns dias depois, pelo meio-dia estava à mesa com os oficiais do batalhão. Estávamos à espera que regressasse um subtenente da 11ª que eu tinha mandado até o comando do regimento para retirada de objetos necessários aos soldados. A hora da refeição já tinha soado e o subtenente não voltava. Nos pusemos à mesa sem ele. O subtenente chegou um pouco antes de terminarmos.

– Você está atrasado meia hora – gritaram-lhe os colegas mais jovens. – Vai pagar duas garrafas.

– Ele deve pagar? – perguntou o encarregado de mesa.

– Sim – responderam em coro todos os oficiais.

– Está bem. Duas garrafas. Mas quero contar porque cheguei atrasado.

– Não é necessário – disse o tenente de cavalaria. – Nós nos contentamos com as duas garrafas.

– Não, quero contar o que me aconteceu.

Ao redor da mesa todos escutavam.

– Vinha de Ronchi e passava pela estrada que ladeia o riozinho. O sol queimava. Quando cheguei à altura da casinha branca, no ponto em que as árvores cobrem a estrada, vi um homem a cavalo, caminhar lentamente evitando o sol. Quando chegou sob as árvores, à sombra, o cavalo parou. O homem ergueu-se em pé sobre a sela, agarrou-se a um galho e desapareceu no meio da folhagem. Eu não via mais que o cavalo, ali parado. Permaneci escondido. Depois de alguns minutos o homem reapareceu dos galhos, mas de cabeça para baixo, pendurado pelas pernas. Fiquei estupefato. Mas pensei: deve ser alguém que quer fazer ginástica, embora me parecesse estranho que alguém pudesse fazer ginástica daquela maneira. Continuei escondido. Nem o homem nem o cavalo se aperceberam da minha presença. O homem se deixou cair na sela, apoiando-se nas mãos, e retomou a posição normal de um homem a cavalo. Descansou um instante, pegou o cantil e bebeu. Recolocou o cantil na cintura e recomeçou como antes. Trepou nos galhos, desapareceu e reapareceu pouco depois, de cabeça para baixo. Recompôs-se na sela e bebeu de novo. Fiquei ali escondido por cerca de meia hora. A estrada estava deserta. Ele repetiu a operação por três vezes. Eu queria chegar perto para ver melhor, mas vinha uma carreta trotando. O homem esporeou o cavalo e desapareceu.

– O cavalo era alazão? – perguntei.
– Sim, um alazão.
– Duas listras brancas?
– Duas listras brancas.
– Mas você não reparou se o cavaleiro era um oficial?
– Não pude distinguir porque estava longe, no sol, e ele estava na sombra fechada, quase no escuro.
– Pequeno? Magro?
– Sim, me pareceu muito magro e pequeno.

Não havia dúvidas. Pobre coronel Abbati! Ele caminhava para o fim.

No café a conversação reanimou-se. Um subtenente, estudante de letras na Universidade de Roma, recitou em latim uma sátira de Juvenal, depois disse sua tradução em versos italianos. Todos aplaudiram.

– Por mim – disse o tenente Grisoni – você podia ter poupado teu latim. Estudei dez anos de latim, sempre o primeiro da classe, mas não entendi nada dos teus versos. Além disso, você pronuncia o latim como se tivesse pedras na boca.

Todos estavam alegres. Não parecia sequer que estávamos ao alcance da artilharia. Enfim, respirava-se ainda uma vez. A guerra parecia terminada e esquecida.

O soar do telefone interrompeu a conversação. Levantei-me e peguei o aparelho. Os oficiais calaram-se. Do comando do regimento, o subcapitão da Primeira perguntava por mim.

– O que há? – perguntei.

– É preciso preparar-se porque amanhã o regimento desce.

– Descanso na planície? – perguntei eu, satisfeito.

– Não, o descanso não foi feito para nós.

– E pra onde vamos?

– Para o Altiplano da Bainsizza. A ofensiva naquele *front* começou e a brigada foi requisitada pelo comandante da armada em pessoa.

– Que honra!

– O que se vai fazer? O batalhão está preparado?

– Sim, o batalhão está preparado. Mas é certeza que seremos mandados a Bainsizza?

– Sim, é certo. Eu mesmo decifrei a ordem.

– A que horas?

– Você será comunicado amanhã cedo, na reunião dos comandantes de batalhão.

– Está bem. Até logo.

– Até logo.

Os oficiais sustinham a respiração. Não tinham ouvido as palavras do subcapitão, mas, pelas minhas respostas, tinham compreendido tudo. Mudos, olhavam-me nos olhos, com expressão de angústia. O tenente de cavalaria, encheu de novo o copo e disse:

– Bebamos à Bainsizza!

Os colegas o imitaram.

– À ofensiva sobre Bainsizza!

A guerra recomeçava.

FIM

tipografia Abril
papel Lux Cream 70 g
impresso por Edições Loyola para Mundaréu
São Paulo, primavera de 2014